# CIDADELA ARDENTE

# CIDADELA ARDENTE

## CONTOS

**THELMA GUEDES**

Ateliê Editorial

Copyright © 1997 by Thelma Guedes

Direitos reservados e protegidos pela Lei 5.988 de 14.12.93. É proibida
a reprodução total ou parcial sem autorização, por escrito, da editora.

ISBN – 85-85851-48-1

*Editor:* Plinio Martins Filho
*Editor assistente:* Ricardo Campos Assis

Direitos reservados à
ATELIÊ EDITORIAL
Alameda Cassaquera, 982
09560-101 – São Caetano do Sul – SP – Brasil
Telefax: (011) 4220-4896
1997

*à memória de Josefa e Julieta*

*ao Eromar*

*Por mim se vai à cidadela ardente,*
*por mim se vai à sempiterna dor,*
*por mim se vai à condenada gente.*

Fala do rio Aqueronte, na *Divina Comédia*
de Dante, Inferno, III, 1/3

# SUMÁRIO

Cidadela Ardente: Um Percurso Inquietante
*Maria Sílvia Betti* ....................................................... 15

Réveillon ...................................................................... 19

Giacomo ....................................................................... 25

A Aprendiz ou o Rabo da Lagartixa ............................... 31

O Prêmio ...................................................................... 39

O Corpo ........................................................................ 45

Desejo ........................................................................... 53

O Matador e o Poema .................................................... 61

O Colecionador ............................................................. 71

Mais que uma Boa Terra ................................................ 79

## THELMA GUEDES

Sagrado ..................................................................... 85

A Surra ..................................................................... 91

Cidadela Ardente ..................................................... 95

Sem Mistério ........................................................... 101

Fim .......................................................................... 105

As Cabeças ............................................................... 111

Pálida Estação ......................................................... 117

A Liga de Kali ......................................................... 125

Roteiro de uma Cena Noturna ............................... 141

O Rouxinol .............................................................. 151

# PREFÁCIO

CIDADELA ARDENTE
UM PERCURSO INQUIETANTE

*Maria Sílvia Betti*

Percorrer *Cidadela Ardente* é uma experiência perturbadora, seja pelo caráter inquietante de suas personagens, e enredos, seja pelo tom claro, lúcido, quase coloquial com que suas perplexidades são desfiadas ao longo das histórias. Trata-se de uma trajetória surpreendente, ao longo da qual a sensibilidade do leitor será tocada de forma profunda, mas ao mesmo tempo sutil e inusitada. Com exatidão – muitas vezes quase com crueza – as cenas e imagens iluminam-se, expõem-se e revelam-se. Isso ocorre, entretanto, de modo a deixar sempre, de alguma forma, certas áreas de penumbra e sugestão, com perfis que se desenham na sombra e vozes que sussurram. É aí que reside a identidade e ao mesmo tempo a riqueza dos contos de Thelma Guedes.

O roteiro que ela convida o leitor a trilhar não o levará, em momento algum, a territórios familiares, mesmo quando, aparentemente, lhe for dado identificar-se com circunstâncias ou sensações relatadas. Será, antes, um percurso de inquietações, de perplexidades, de desrazões aparentes. De conflitos urdidos com temas essenciais da experiência humana – o desejo, o medo, a solidão, a transcendência, a morte – e ao mesmo tempo, a captação de aspectos inerentes às condições de vida no contexto atual de fim de século, quando as utopias parecem haver-se esgotado e as perspectivas para o futuro são duvidosas e sombrias.

Cada vez mais, em nosso tempo, deparamos multidões de excluídos, de seres anônimos, solitários, expropriados de identidade e de esperanças. São criaturas que vislumbramos de uma distância ilusória e efêmera, e diante das quais nos sentimos impotentes e medrosos.

O que o livro nos propõe é, precisamente, a experiência de, por um momento, mergulharmos com inteireza nessa condição, tornando nosso o semblante desse *"outro"* sem rosto que povoa suas histórias – desse *"outro"* que vivencia perdas ou temores, que treme de desejo ou de angústia, que se surpreende com o vislumbre do sagrado ou da transcendência. E incita-nos a, como ele faz diante de suas próprias percepções, deixar-nos marcar indelevelmente pelas imagens vislumbradas ao longo desta travessia.

O título – *Cidadela Ardente* – tem, neste sentido, uma função importante, evocando, desde a epígrafe, as esferas infernais que Dante visita na assombrosa visão relatada na *Comédia*. A evocação da "sempiterna dor" e da "dolo-rosa gente", referências fundantes para o desfiar das narrativas de *Cidadela Ardente*, apóia-se no sentido de *transformação*, implícito na obra do grande épico: também nas narrativas nada e ninguém permanecem como estão; todos transformam-se, transfiguram-se, convertem-se profundamente, seja pelo *desejo*, associado à sexualidade e à vida, seja pela *degradação física*, ligada à miséria e à desigualdade social, seja pela *morte*, no vislumbre repentino da transcendência e do sagrado.

A percepção desses processos como desintegradores da consciência permite à autora construir enredos nos quais seja essa consciência, que está por desintegrar-se, a dimensão na qual se processa o conflito. O olhar do leitor, com efeito, é dirigido aos mecanismos internos dos processos perceptivos: os referenciais exteriores – dados descritivos ou documentais – desaparecem para que a personagem seja fixada, através da voz narrativa, no casulo de sua própria individualidade. Sua condição é de fragilidade e de contingência: suas sensações e descobertas são relativas e o despojamento de referências físicas e até mesmo de nome indicam que é nesta esfera – a da interioridade – que se constrói e se concentra a riqueza expressiva das narrativas de Thelma.

Sua escritura revela-se, enfim, com as marcas inconfundíveis do feminino: as da mulher que escreve sobre mulheres que escrevem, ou que elege, em um grande número de narrativas, personagens mulheres, desejantes ou tementes – personagens que, entre Eros e Tânatos, dão voz, rigor e paixão, a todo o roteiro de imagens perturbadoras dessa cidadela que, assim, somos convidados a atravessar.

# RÉVEILLON

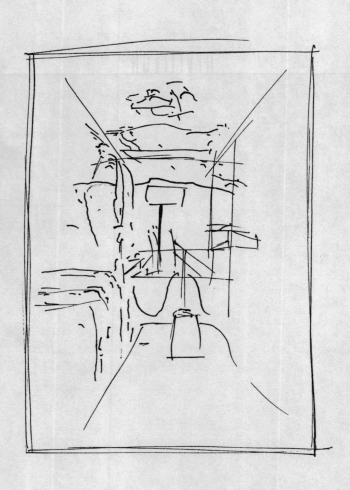

A mulher dentro do ônibus pensa. Presa da dor, da chuva pingando, da dura poltrona, da roupa toda branca e imbecil, da espera. O motorista não vem. Demora. Ela quer a casa, a cama, a segurança. Um abraço. Ela procura no ônibus um braço bom. Não há. Não há braços no mundo. Nada de braços.

O primeiro dia do ano. As primeiras horas do dia. Ela vem da festa. Triste. Procura um sentimento bom no mundo. Mas o ar do mundo pesa sobre os ombros das pessoas. As pessoas nas primeiras horas do primeiro dia do ano estão paradas, em um ônibus qualquer na Praça da República em São Paulo, esperando o motorista que demora e dorme em algum banco da praça.

As pessoas são pobres. Os olhos pobres. E a mulher busca em algum ponto da praça, da cidade, do mundo, uma marca do sentimento perdido, enterrado sob as estranhas capas de seu coração amargo. O amor não habita mais lugar. A tristeza monótona da pobreza não possui sequer doçura. Até a dor perdeu a doçura. Nem piedade desperta.

Um homem enorme de gordo meio que ronca à sua frente. Ele fede, misturando o hálito de bebida barata, o suor de um verão úmido e a lama e bosta dos pés. O cheiro que vem do corpo do homem é como uma dor funda que mergulha nas veias da mulher de branco. Ela agora ri de si mesma, enfiada numa roupa nova, branca. Não está em paz. No mundo há um ódio de guerra silenciosa que quer ser vomitado.

A mulher de branco não consegue se reconhecer. Impossível amar o chão em que se pisa. É assim que pensa e o mundo grita na úmida primeira manhã.

O ônibus trepida com o motor ligado. A mulher balança como um boneco. Sem vida. Ela pensa que é diferente de tudo aquilo que não tem vida. Não é possível que tenham conseguido fazer dela uma igual no silêncio. E a emoção que a embriagara e a fizera amar tudo? E o amor incontrolável que transbordara de todo o seu ser? Onde estará agora a marca que a tornara certa de possuir os poderes? O excesso, a abundância que a fizera generosa? A beleza, a certeza de nada faltar... Nada faltar: nem as coisas, nem o dinheiro, nem as pessoas, nem o amor, nem o prazer, nem a juventude, nem as belas formas, nem o calor, nem o mar. Vinha daí o desapego ao dinheiro, à posse. Possuir não estivera em seus planos. Tivera o poder. A emoção que crera faria dela viva e diferenciada.

## CIDADELA ARDENTE

Agora a mulher de branco é uma coisa. Trepidante. Uma lágrima parece pingar como uma chuva pobre, e quase cai no chão da República. Essa lágrima pode ser o sinal de que a emoção não se perdeu de todo. O mundo sem emoção impera. E a mulher é a impressão triste que o mundo pariu. Mas é a mulher quem pare um mundo em branco. Perdida. Buscando nas pessoas o seu igual.

O trocador discute com dois homens que entram. Não sabem quanto pagar, devolver, trocar, contar, receber. Como três patetas a se odiarem quase se batem em desalinho. Neles nem um traço de amor. Tão mais fácil odiar.

Um carro passa, buzinando e xingando, por outro. Um homem de cabelos melados e muitos anéis olha as pernas da mulher de branco como a morder suas carnes. Ela sente crescer o desejo de matar. Mas depois daquela noite triste de constatações infelizes não é esse o desejo que procura.

Uma mulher velha carregada com uma trouxa de roupas, nariz enorme e olhar adunco senta-se ao lado da mulher perdida de branco. Os olhos da velha invadem os da outra por um momento, atemorizando-a. Quase se revela a intenção de amor. O crime de procurar a emoção perdida. As veias duras das pernas da mulher trabalhadeira brotam e delatam a dor dos despossuídos. Isso está perto do sentimento que a mulher busca. É uma doçura que a fragilidade impotente expele. Mas os olhos da velha novamente encaram os da mulher de branco. Projetados em ódio arrebentam o amor da compaixão. Parecem dizer: – Não é de seu amor que as minhas varizes precisam!

O mundo não precisa da mulher enfiada na roupa nova e branca e o ônibus parte da Praça da República. O mundo não é mais a Praça da República, mesmo assim não deixa de transpirar ódio naquela chuva rala. A mulher parte no ônibus, úmida ao lado da velha, das varizes, da trouxa de roupas, do trocador, dos homens que não sabem fazer contas, do homem que cheira mal. Todos balançam. O ônibus corre muito. A mulher experimenta ver o amor na paisagem. Mas na paisagem o bêbado tropeça e morre. E antes de morrer chuta o cachorro.

A porta da casa se abre. Olha o relógio. Oito e meia. A casa está vazia. Ele não está. Quase desmaia de dor e cansaço, perdida, sem saídas, no labirinto onde mais e mais a esfinge se faz enigma em seu coração.

# GIACOMO

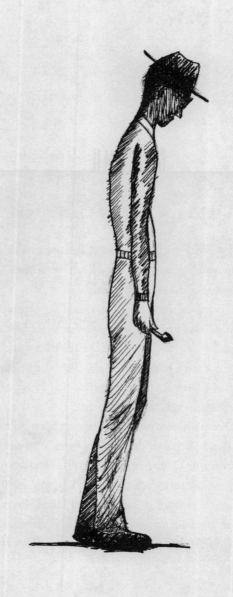

*Uma flor dada por ela à minha filha.*
*Frágil presente, frágil doadora, frágil criança de veias azuis.*

*Giacomo Joyce*, de James Joyce

Um velho escritor. Meu professor. Sei que me deseja. Arde. Sei que me fareja. É irlandês. E quer meu sangue judeu. E minha saliva italiana.

Sento em frente a ele. Perto, muito perto. Com as pernas bem abertas. Estou sem. Sem calcinha. Ele não sabe. Mas deve imaginar. Ele sabe sim. Ele quer. Deseja. Imagina sim. E ele fala muito: ensina Shakespeare a uma dócil *signorina*. Eu escuto: virgem prudentíssima.

Na rua na noite fria ele pensa em mim. Na noite morna escura debaixo de suas cobertas ele também pensa em mim. Deve pensar. Nos olhos fechados ele deve pensar em mim. Meu corpo é enigma. Sonho e imaginação nas mãos de um escritor febril. Eu sou a sua febre. Meu corpo não tem cheiro nas narinas do professor sonâmbulo: uma flor inodora. Sinto então em meus braços o poder de mil espadas poderosas. O de cortar, o de agarrar, o de gozar sobre aquele velho professor irlandês. Óculos, chapéu e cara fina. Roupa poída e barata. E desejo. E eu também desejo. Desejo o desejo do desejo que ele tem.

Com meu rosto pálido de virgem, estou em todos os lugares. Persigo o professor nas ruas, na casa, no sono do velho escritor. Persigo no papel em branco. Ele escreve. Deve escrever sobre mim. Sobre o desejo de mim. De meu corpo.

Chego cedo para a aula. E, sempre pálida e pura, trago uma flor e entrego para a pequena filha do professor. Ele se emociona. Minha pureza é de emocionar. Os grandes laços de fita em meus sapatos são singelos e dão mesmo vontade de chorar.

Sento-me para a aula. Na pequena saleta em Trieste meus joelhos arredondados estão muito próximos dos joelhos ossudos do anguloso professor irlandês. Dio... Percorro com a língua as palavras abrindo muito a boca. Deixo que ele veja a saliva italiana que lubrifica meu lábio. Abro mais as pernas. Queria que ele visse todas as minhas salivas. Dio... Escrevo em caligrafia de deusa um emaranhado de fios em desenho extenso. A longa escrita quer eternizar a respiração do observador tão perto. Seu ar, que vem de seu nariz e toca a minha boca, é quase um beijo.

Bruscamente cruzo as pernas. Certeira. Como se dançasse uma dança que fosse um açoite de morte. Quase ouço o coração do escritor faminto. Ouço sua glande. Grande. Vermelha. Aumentar na direção do meu corpo impossível.

Com cara de virgem, assumo o poder. Olho com mil olhos o pobrezinho. Vaga. Vaga. Quero o olhar do louco que perdeu as idéias todas. Um escritor sem idéias. Porque sou sua única idéia. Ele não pode mais escrever nada que não seja este desejo. E se não inscrever unhas sobre minha carne não formará nunca mais os ganchos dos dedos que a escrita pede. Um escritor sem escrita. Só eu. Um grande discurso sobre a página branca. Um desejo de poucas páginas.

Ele vai escrever. Esse professor da Irlanda vai escrever sobre a aluna judia da Itália. Vai precisar de poucas páginas.

Minha língua bifurcada sopra um vento envenenado na cara dele. Um hálito de vagina virgem atiça o fogo dos olhos da Irlanda. E me eriça os bicos em poder de deusa. Não sei se devo salvar o escritor... O professor já está perdido.

Devo devolver-lhe a alma? Dar-me a ele no impossível toque?

# A APRENDIZ OU O RABO DA LAGARTIXA

Abaixada, de cócoras, ao lado de um tanque frio, na área de serviço do 17º andar de um apartamento grande e quase vazio, ela ia morrendo aos poucos, de dor. Dor de amor.

Era tão grande e tão insuportável aquilo que nada podia ser pior. Ela pensava. Pensava e via, no espaço aéreo entre os prédios que divisava, a possibilidade de fugir, de sair depressa daquele abismo.

Mas sem fuga, sem coragem, ela ficava ali a doer. Foi assim que sentiu cada agudo segundo intolerável e conheceu aquilo sobre o que ela nunca havia sabido de fato antes.

Sem explicação nem entendimento, ela permaneceu acocorada e perplexa. Só doendo. Como um nervo solto de si mesma. Uma coisa úmida pulando. Um rabo de lagartixa. Estirpado do resto. Um pedaço sem todo. Sem o morno braço de afago que a havia deixado ali. Sem vida. Numa maldita vida de doer e esperar mais dor. Fria e cínica, uma dor que não acaba mais.

Ardida, absurda, arrebentando como lâmina toda a extensão da pele daquela mulher, aquilo que se fazia em dor a ia consumindo, tornando o fim da tarde em noite, a noite em madrugada e a madrugada em uma manhã de sol gelada estendida em corpo doído ao lado do tanque, abraçado ao tanque frio, sem nunca mais o corpo noturno do amado.

Amassada, mas procurando recompor-se, a mulher finalmente ergueu-se daquele sono na área de serviço e se arrastou até uma cama sem lençóis. Deitou-se exausta de tanto e todo o tempo doer e aprender a doer e suportar, suportar sem escolher nem entender. Perplexa, perplexa. Aquilo vinha sem pensamento. Sem racionalidade, a agora sonolenta dor a sufocava e ela já deitada na cama macia não conseguia descansar.

Aquela coisa, como uma goma, uma coisa grudenta, colava-se à frágil alma e insistia insistia insistia. Sem sono. Uma chapa de luz. Como a luz tensa com que o sol invadia o quarto quase vazio daquele grande apartamento oco e mudo.

Um barulho forte e quase agudo invadiu os ouvidos sonados repentinamente. Ela pulou de susto. Mas era só o elevador que estremecia o penúltimo andar do grande prédio na Avenida Angélica.

Imenso o prédio. Imenso o elevador. Imensa a Avenida Angélica. Mas maior que o mundo é minha dor vazia, pensou. A mulher pensou ainda: tinha ao menos a grandeza imensa de possuir uma dor maior que todo o resto.

Esperou, então, cada sabor acre de cada gemido seu. Atendeu a cada apelo íngreme daquela invasão de fel. Passou a degustar e a sentir inteiramente cada golfada de pensamento e sangue envenenado. Havia ouvido de um psicanalista na TV: "Não devemos tentar afugentar uma idéia fixa. Pelo contrário, devemos vivenciá-la intensamente, para que, aos poucos, vá perdendo a força, até extinguir-se por completo".

Pensando assim, ela procurou apegar-se àquilo que vinha e que a tomava e que a enrodilhava como uma serpente esplêndida. E, saboreando o que a saboreava, ela entregou-se à coisa viva da dor, esfacelando-se. Mordeu-se, feriu-se sem se poupar.

Depois dormiu, mas não esqueceu a dor. Acordou com ela. E pediu socorro. E gritou. Mas ninguém a ouviu. Sozinha que estava.

Com a cara toda inchada de sono e choro, andou cambaleando até o banheiro. Não acreditava no quanto sofria! Mas por que sofria tanto? Pensou no homem que não a queria mais. Um homem qualquer. Nada mais. Um homem como outros tantos.

Mas ela doía sem aquele homem comum. Olhouse no espelho, naquela cara ridícula de quem sofria.

Um banho. Tentou comer. Nada. E fumou. Depois de tanto tempo, fumou. E dedicou-se plenamente ao prazer de ocupar-se com outra coisa.

Mas a sombra da dor, montada sobre ela como outra sombra qualquer, colada à parede de sua luz, ficou ali sem que a mulher pudesse respirar mais. Nem os cigarros ela conseguiu respirar. A vida sem respiração esvaía a mulher.

Solta como um pedaço, ela procurou instintivamente por comida. Achou um pacote de sopa. Chorou sobre a sopa que borbulhava rala numa água fervente. Ferveu algumas lágrimas. Sopa Knorr com dor ela tomou silenciosa naquele almoço solitário.

Voltou para a cama. Sem condições de pensar em voltar ao trabalho, ela pensou que precisava de muito tempo ainda para doer, para viver intensamente aquela dor absurda até que ela perdesse a força e fosse embora.

Pensou que haveria outros homens depois daquele, que aquele mesmo poderia voltar. Mas se ele voltasse quando a dor estivesse enfraquecida, ela não o iria querer mais. E ela riria da cara dele. Mas agora ela não queria rir da cara dele, só queria continuar ali a aprender a doer, como nunca havia aprendido antes, como um experiência única de paciência, persistindo e enfrentando a escuridão e o frio daquilo que ela não entendia.

CIDADELA ARDENTE

De onde vinha? Como teria crescido uma força tão infinitamente intensa, nascida de um sentimento tão ameno e doce?

Aquilo era vivo e a fazia sentir-se viva, mas com uma eletricidade tão descomposta e violenta que arrebatava todo o seu fluxo sanguíneo e vital e a secava como um fogo, tornando a folha de sua vida em cinzas.

Vampirizada, ela entregava-se agora à tela da TV. Uma mulata nua e pintada, como uma deusa perversa, dançando ridícula, apontava a proximidade do carnaval. A mulher apavorou-se ainda mais. Onde estaria ela no carnaval, depois de tanta dor? E doía mais ainda com medo do carnaval assustador daquele ano.

# O PRÊMIO

*Em alguma parte, naquilo, notava-se um ritmado palpitar, o tênue elevar-se e abater-se da respiração de criatura adormecida — o aspecto mais inocente e apiedador que pode oferecer um ser vivo. Tinha-se de atribuir candura ou infância àquele amontoado repelente.*

"Bicho Mau", Guimarães Rosa

Uma a uma ele as tira, empilhando-as todas ao lado. Dói como arrancar unhas. Um corpo recoberto de unhas. Não sangra quando puxa, mas um pouco de líquido oleoso sempre sai de cada poro. Uma troca de pele a cada época propícia.

Já é grande o número delas a seu lado. Úmidas. E tirá-las vira uma obsessão como a antiga mania de espremer cravos e espinhas. Não há quase nada para se fazer. Deixaram-no ali quieto. Ele parece esperar que alguma coisa aconteça. Talvez alguém acabe lembrando que ele existe. Enquanto isso, vai no vício doloroso e úmido. E quanto mais tira, mais e mais surgem. O lombo está repleto delas. Gosmento. Nojento.

Só mãos e olhos trabalham dia e noite, espiando e esperando. Nada. Um cheiro réptil é o ar no quarto quieto.

Uma cama, uma cadeira. Essa é a paisagem sob o tempo eterno e frio. Deixaram também a janela. Do outro lado da janela, a parede encardida de um prédio pobre. Deixaram uma única abertura. Sem ar.

A transformação continua. Calma. E a pouca dor é aquela que descasca o homem.

Os olhos vêem. Ainda são olhos. Mas os orifícios dos ouvidos estão obstruídos por uma cobertura de peles finas em multiplicação progressiva. Tudo é silêncio naqueles ouvidos.

O trabalho é hábil e tem nitidamente dois criadores. A ação é moldada incessantemente. Duas forças. Cegas, incansáveis, incontroláveis. Não, ele não morreu. Ficará então ali. Transformando-se. Desunhando-se. Ato mecânico. A palma da mão mobiliforme sobre o crânio. Mudado também o crânio. Chato no topo e largo na fronte. Um cérebro menor gravita dentro da caixa óssea apertada. E divisa o nada da parede vizinha. Não pensa mais.

A massa linear da coisa comprida tem fome. É apenas um precisar sobreviver. É fome. E o esqueceram ali não se sabe há quanto tempo. Nem pode pensar mais. Só pode sentir o cheiro de comida. E toda vida pode ser comida. Certamente, nenhuma será poupada se passar pela criatura.

Um homem abandonado saindo do enrodilhamento e deslizando em barriga lenta sai à procura de alimento. Mas o homem não é mais o homem. Não mais a pele lisa e esticada, pêlos na cabeça, músculos tensos. Não mais o desejo, o olhar arisco, ambição. Tudo é mole. Amorfo. A pele áspera e úmida.

Nada mais de cabeça e cobiça erguidas, peito estufado, mão suja de tinta, de dinheiro. Nada mais de fazer, de poder. O peito, a cabeça, tudo se arrasta.

Ele não morreu. Ganhou o prêmio. A eternidade.

# O CORPO

Joaquim arrasta o corpo pelo caminho. Rotos os corpos de Joaquim e do morto, mortos os pensamentos de Joaquim e do corpo. Os dois vêm balançando desde lá do fim do mundo como trapos. Procuram um canto onde ficar: sob a terra o morto e, sobre ela, descansando com o coração em paz, o Joaquim.

Os pés já estão esfolados graças à vegetação rasteira, pobre e espetada que crava dor e ferida nas duras peles vindas de tão longe. Longe é Angicos. De Angicos a Palmeira dos Índios. Depois veio Bom Conselho, onde viu Zezé Abílio. Aquele homem bom e forte estava triste, chorou um pouco, ficou comovido de ver o Joaquim assim com o irmão nas costas, mas disse que o padre não ia rezar o corpo. Disse que ele mesmo rezava. Mas sem reza de padre é que o morto não havia de ficar. Joaquim prossegue então.

E ouve dizer que em Buíque pode ser que o padre reze. Mas a cidade, quando vê Joaquim com aquilo nas costas, fecha portas, janelas e arregala os olhos pelas frestas. Coisa mais feia e curiosa de olhar. O padre bate a porta da igreja, mas uma boa alma passa por Joaquim e meio de longe grita: "Homem! Um defunto desse jeito só é rezado por um padre que eu já conheci em Canhotinho! Aquele é dos que têm alma acima do crucifixo... Garanto que reza!"

E de Canhotinho, onde o padre de lá está morto já tem mais de ano, vai Joaquim e o irmão em viagem para Quipapá. Lá, dizem, tem um outro padre que reza. Mas o padre de Quipapá, quando vê o pedaço de corpo, põe-se a vomitar e manda embora os dois, dizendo que não pode ser cristã uma coisa daquelas.

Então, diz que em Correntes tem um padre que vai rezar e enterrar o corpo do morto do Joaquim de jeito cristão. Arre, que esta terra toda tem um pouco da pele e da saliva de seu irmão. Devia de ser fácil fazer um enterro de encomenda, com reza de algum padre, do modo decente, do jeito que sempre tem que ser.

Joaquim sabe. Sob o esforço que o sol aumenta de transportar o defunto, ele começa a pensar e lembrar que o homem que ele traz nas costas já arrastou muito cabra ruim até o precipício do termo; não sem antes fazer o bicho se arrepender dos pecados. E depois, ainda por cima, levou a carcaça do inerte até o seio seco da mãe para umas boas horas de choradeira e oração e para um enterramento de boa ordem.

Tinha sido assim, muito bravo e temido, aquele homem agora morto no ombro de Joaquim. Mas acontece que ele está ficando duro e Joaquim cada vez mais suado e salgado pelo quentão do sol. E quanto mais quente o corpo do defunteiro, mais frio o do seu companheiro extinto, mais pesado, mais desajeitado. Como tudo dói! Os ossos parece que vão se quebrando um pouco a cada passo. Mas Joaquim, com a espinha côncava, manchada de sangue seco, não tem dúvidas do caminho a seguir: até Correntes, até a enterração decorosa de seu último morto. Êita, que não deixam o irmão sentar do lado de Jesus Cristo Nosso Senhor só porque está descabeçado! Mas isso é culpa dos macacos da falange do tenente Bezerra, que aquilo foi uma desgraceira. Arrancaram as cabeças todas. Nunca se viu coisa mais triste.

Joaquim tirou o semicorpo do irmão à força das mãos dos coisa ruim. Aquilo não era certo de se fazer, não. Um corpo sem cabeça ninguém vai acreditar que é cristão.

E o homem, de dor tão forte no dorso, acaba se escorregando para o chão. É que os órgãos estão embrulhados todos, do esforço de andar tanto a carregar aquilo, aquele chumbo de gente.

Joaquim reza. Mas, de repente, olha o céu, chora e começa a duvidar que alguém lá de cima esteja dando atenção pra sua prece. O céu dói de tanto azul, o sol de tanto amarelo, mas é um silêncio...

Um grande silêncio. Correntes está ali do ladinho dele, que ele sabe bem que é muito perto, mas cadê a força de levantar mais? O coração esprimidinho bate devagar, está fechado por causa do sofrimento de ver naquele homem sem cabeça o seu amigo, o cabra mais justo que ele conheceu. Mas agora não tem nem cabeça não. Um amigo sem cabeça é o único companheiro. E ele olha o céu, mais uma vez chora e duvida.

A jornada viajeira de procurar um lugar pra deixar o morto com reza de padre mais parece uma desculpa para a vontade louca de mostrar para toda a gente a indignidade de arrancarem a cabeça de um valente. E para espalhar a história de que o fantasma de seu irmão vai andar sempre por aí, de cavalo, andando por esse mundão triste de nordeste. Vai continuar, mesmo sem cabeça, a acertar todas as contas que devem ser acertadas.

Nos olhos embaçados de febre de Joaquim, a imagem vê um urubu desfechando um sinal da cruz no peito do corpo. E, com o sinal sagrado, o pássaro carnífice abre uma fenda boa de rasgo para se engasgar de alimento. É essa a oração que acaba merecendo o irmão sem cabeça.

E Joaquim vê mais. Vê um enterro nada cristão do homem valoroso: em pedaços, nos estômagos duns pássaros pretos, acima do solo, ainda mais acima do solo que os vivos, perto até da Providência Divina, que faz Sua casa lá por aquelas bandas do mundão.

# DESEJO

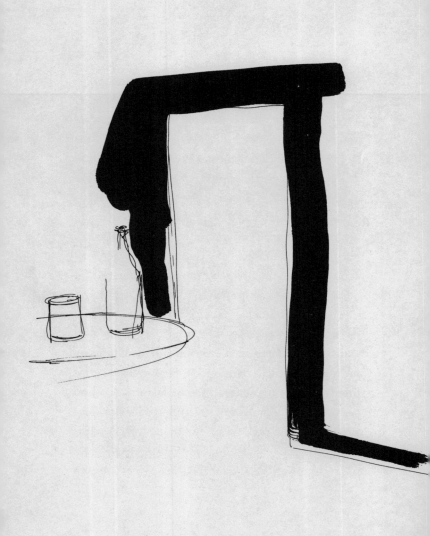

Muito urbana. Parece que desde sempre. Mas pouco civilizada, já que guarda uma energia incomum à civilização. Parece um pequeno animal, nessa sua alegria, nessa fúria e desejo.

Ela está louca por mim. Quer a minha atenção. E quer que eu participe desse jogo de sedução que ela está armando. Que eu aceite a sua provocação e entre na brincadeira. Ela me deseja. Que merda... Por que logo comigo? Tenho preguiça só de pensar. Não desejo esse seu desejo. Vejo que passa inúmeras vezes pela porta de minha sala. Sinto sua gravitação agitada em torno de mim. Eu, o objeto da caça, o pobre coelhinho acuado.

Ela é bonita. Mas tem uma beleza invasora. Muito direta. Tudo nela é muito direto. Um corpo que trepida muito o tempo todo. Seios e coxas certos, diretos, firmes, trepidantes. Quase falantes. E a boca grande e bonita fala alto e o tempo todo. Balança e sorri demais pro meu gosto. Acho que sorri demais e tem um ânimo exagerado. Não compreendo. Nem quero compreender. Quase chego a ouvir sua respiração emocionada e seus pensamentos vermelhos de pura excitação. Tão emocionada... por nada. Ou quase nada. Que coisa chata...

Na verdade, não quero me mover de mim. Porque tudo é tão igual... Todas as mulheres. Todos os desejos. E os dias... Ela pára diante da porta da minha sala e ouço sua respiração forte. Ansiosa por um pouco de atenção, ela parece que quer falar alguma coisa. Tenho pena, tanto fogo num corpo tão pequeno de fêmea. Pra quê?

Irritado, ignoro a presença arfante. De repente, levanto-me da cadeira fazendo barulho. Fecho a gaveta da mesa de trabalho, finjo arrumar uns papéis e tranco a porta da sala. Passo pelo grupo de mulheres que falam sem parar. Mas não paro. Frustro os quereres. Num meio-sorriso me despeço e vou para a porta de saída do escritório. Preciso de ar.

O ar na rua é um vento fino. O dia esteve muito quente hoje e gosto muito do contato árido da pele com um pouco de frio. Vejo as grandes antenas da cidade, que sabem tudo dos homens e devolvem o que sabem aos interiores das casas. Vejo e não faço nada. Diante do imenso monstro iluminado, procuro o velho quixote de mim. Mas o pobre herói é agora um lúcido sancho. Atravesso a rua, dou de ombros para esse pensamento idiota e sigo em direção à Paulista. Sigo, sigo, sigo, sem pensar.

Um bar e uma bebida. Escolho um lugar de onde possa ver todas as pessoas e estar bem longe delas. As pessoas me interessam de longe. Posso ouvi-las. Quieto.

Quieto procuro ouvir todos os meus silêncios. Lentamente. Fecho os olhos e vejo delinear-se uma chapa de luz elétrica dentro do manto negro que cerra meus olhos. Lá fora todos podem me ver. Mas não vêem. Não querem. Não se importam. Incógnito em um bar do grande mundo. Gosto disso.

Repentinamente, sinto uma aproximação. Uma sombra invasora. Estremeço. Mudo e cego. Nu. Eu, um pobre coelhinho acuado.

Mas não é ninguém. É o garçom que traz mais uma garrafa. Abre. Mudo e cego, o garçom é outro homem. Nu no grande mundo.

Abro os olhos e paro. Como uma fotografia. Ou como uma câmera fotográfica armada. Pronto para dar o bote. Parado e pronto para ver alguma coisa. Abro-me para a visão panorâmica dos enquadramentos, nos pontos visíveis que o bar pouco iluminado permite que eu atinja.

Numa mesa quase escondida, um homem de meia-idade, cheio de dedos, aperta fortemente as coxas de uma moça muito jovem. Ela, de olhos fechados, se entrega sem energia aos carinhos e a um copo que de vez em quando entorna dentro da boca. Gosto dessa sua negligência. Me agrada a falta de vontade da moça.

Do outro lado, um oriental suado dorme sobre seu livro oriental. Não posso ver, mas imagino que debaixo da cabeça do homem uma grande minhoca de ideogramas estica uma fala em língua inatingível. E rio quando penso que mesmo a mais poderosa telepatia não teria acesso ao coração do homem que dorme. Os sonhos em japonês dão um ar de Hiroxima ao bar.

E, em Hiroxima, movo os olhos para o lado mais direito do bar, quase adivinhando o que vou encontrar. E ela está lá. Em Hiroxima. A moça pululante do escritório me seguiu. Como num filme que eu vi há tanto tempo. Em uma mesa próxima à porta, solitária e vermelha como uma Carmem, a moça me olha. A intensidade diminuiu. Menos intensa, ela não sabe bem o que fazer. Distante. Posso vê-la. Lenta.

O forte desejo estendeu-se pela noite e chegou lento até aqui. A mulher aproxima-se. Estremeço. Um pobre coelho acuado e triste. Aproxima-se mais e mais.

— Posso sentar?

Não respondo.

CIDADELA ARDENTE

— Posso ficar?

Lenta... Lenta... Ela está lenta. Deixo que sente. Deixo que sua cabeça tombe levemente sobre meu ombro. Como um cabide. Um console. Um consolo. Será essa a natureza do desejo? Permito a apropriação, assentindo agora com meu braço, que envolve o ombro da mulher silenciosa.

E tudo é mais igual ainda do que eu podia imaginar. Eu, a mulher que abraço, o garçom, a mulher entregue aos dedos do homem e o japonês com seus sonhos impossíveis. Todos nus em um mundo muito grande. Muito grande mesmo.

# O MATADOR E O POEMA

*Quando ele demorou um pouco*
*E ela o olhou bem*
*Tornou-se cavaleiro belo e gentil*
*A dama o tomou por maravilha.*

"Yonec", Maria de França

A mulher fez um esforço tremendo para andar. Cambaleando, quase se arrastando, procurou chegar à cama. Ela tinha sido baleada bem no umbigo. "No meio do meu umbigo, meio do meu centro criativo. Meu centro criativo." Pensava e tentava sorrir enquanto, delirando de dor e febre, conseguia atingir a cama e deitar-se sobre o colchão macio. Pensou em escrever alguma das coisas que lhe passavam rápidas pela mente, mas não teve condições de se mover. "Meu umbigo está jorrando suas idéias." Teve vontade de dar uma gargalhada sonora, mas a dor muito forte não permitiu que risse. Ficou ali deitada bem quieta. Esperando morrer bem quietinha. Encolheu-se para que doesse menos. Isso adiantava pouco. A mulher não sabia que morrer doía tanto. Não pôde prever uma dor tão grande. Esperava a morte chegar. E, como ela não veio logo, Débora passou longo tempo sangrando e doendo sobre a velha colcha de *chenille* azul desbotado. Pensou em Madame Bovary que, como ela, não sabia como era difícil e doloroso morrer. Pensou em Goethe, que menosprezava esse tipo de suicídio, pois achava que o suicida devia, ele mesmo, executar o ato. Mas a mulher havia muito tempo estava se sentindo tão cansada... Tão só... Sem vontade de nada. Nem de organizar sua própria morte. Preferira encomendá-la a um especialista. Como se encomenda uma festa, um bolo, um vestido. Goethe iria perdoar-lhe o tom pouco heróico e nada poético da escolha de um suicídio por encomenda. Seu caso não era de covardia, mas de cansaço. Uma estafa infinita. E pelo menos ela não havia pedido para algum amigo fazer o serviço. Não, ela pagara, e bem caro, para um profissional experiente no ofício de matar. Débora, então, lembrou-se do suicídio de Pedro Nava. Ele era bem velho quando se matou. Um tiro no ouvido. Assinatura de próprio punho no orifício da audição. Nava escolheu o ouvido, talvez por ser lá o seu centro. O centro criativo dos homens devia mesmo ser em algum dos buracos da cabeça. Um centro criativo racional. Movido pelo seu *logus erectus*. Mas, o

CIDADELA ARDENTE

que lhe chamou mais a atenção foi o fato de que ele mesmo cometera o tiro suicida. É que certamente ele não estava tão cansado quanto ela.

A febre e a dor aumentaram muito. Mas Débora não tinha saída. Ela ia ter que esperar passar. Esperar morrer. E só podia esperar pensando. Acontece que ela estava muito cansada. Até para esperar. Até para pensar. E pensou na louça toda suja que estava na pia. "Pelo menos, se o matador tivesse me avisado antes de chegar, eu poderia ter lavado a louça e não ia morrer deixando a pia da cozinha tão suja." Mas fazia parte do acordo ele aparecer sem aviso. E Felipe demorou mais de um ano para vir matá-la. Veio quando Débora achava que ele já tivesse desistido e ido embora com o dinheiro. Mas ele era mesmo um matador muito especial. A grande demora tinha o objetivo de fazer Débora esquecer-se ou duvidar do suicídio. Era esse o trato. Tentar fazê-la esquecer, para que tudo fosse quase inesperado. Quase como uma morte natural. Sem aviso. E Felipe chegou como um anjo bom e muito bem pago, para tirá-la da aflição que era aquela sua vida. Uma vida de não escrever mais.

Felipe era um jovem muito bonito. Bem jovem, alto, musculoso e imberbe. Cabelos cacheados e finos. Bem que ela teria gostado de despi-lo antes que ele atirasse em seu umbigo. Bem que ela teria gosta-

do de ser amada por um homem tão jovem depois
de tanto tempo sem amar ninguém. Sem ser amada
por ninguém. Mas ele era um menino sério. Um anjo
da morte compenetrado. Era tão diferente do que ela
tinha imaginado antes de conhecê-lo... A verdade é
que ele tinha uma educação invulgar para um matador de aluguel. Calado e discreto, era pouco afeito a
demonstrações de força e violência. A voz do seu
matador era suave e seus modos de vestir, de muito
bom gosto. Imaginem só, ele viera matá-la de terno,
cabelos molhados e escovados para trás. Um perfu-
me delicado ao fundo, como uma música incidental
bela e triste. Um matador sem anéis ou pulseiras de
ouro. Não. Suas mãos másculas eram morenas, for-
tes e expressivas, sem nenhum enfeite. Unhas bem
curtas, como Débora sempre gostara nos homens.

— Por que você quer morrer? — Ela ficou pensando na primeira vez que encontrou o rapaz e ele lhe
fizera a pergunta.

— Por que você quer morrer?

—Não me interessa mais viver.

— Mas, por quê?

— Sou poeta.

— E o que é que tem de mal nisso?

— Sou poeta, mas não sei mais como escrever.
Estou morta. Você não vê que já estou morta? Tenho

CIDADELA ARDENTE

medo. Além do mais, fiquei velha... Morrendo. Estou morrendo de solidão, fome, frio e cansaço. Além das dores no corpo o tempo todo. Todas essas coisas não me largam mais.

— Por que não procura um médico?

— Você é o meu médico, sabia? Mas não se esqueça. É preciso que você atire no meu umbigo. Bem no centro. É de lá que vinha tudo de bom que não me vem mais. Esse maldito parou de funcionar. Meu umbigo não existe mais há muito tempo. Você precisa atirar nele. No centro dele. Ele não deixa que eu sinta. Por causa dele eu não sinto mais nada. Não amo. Não escrevo. Estou morta porque meu umbigo parou de funcionar.

— Você é louca. Bem louquinha mesmo. Mas eu vou fazer o serviço porque você sabe bem o que quer. E eu gosto das pessoas que sabem alguma coisa nesta droga de vida. Além do mais, você sofre quieta, sem chorar, sem fazer escândalo. Isso é sinal de que essa sua dor é mesmo forte. Mas a coisa vai ser cara.

— Eu pago o que você quiser. A minha dor é crônica. Irremediável, não é mesmo?

— Hem?

— Nada, meu bem.

Ele falou pouco, com aquela sua voz suave sumindo pra dentro da garganta. Débora pensou na voz dele e, mesmo morrendo, sentiu uma forte emoção, um desejo intenso de ver aquele homem mais uma vez. Seu corpo doente tremia e Débora sabia que estava desaparecendo. Apesar da dor, do sangue e do vômito que jorravam sem parar, uma sensação de liberdade surgiu, preenchendo aqueles momentos finais de sua vida. Afinal, estava conseguindo sentir de novo, emocionar-se, desejar alguém e ter vontade de escrever. Estava tendo idéias. Com a dor e a temperatura, a cada minuto aumentava também a vontade de rever o matador profissional. O seu querido matador.

Um último e grande esforço permitiu que ela alcançasse caneta e papel na mesinha de cabeceira e escrevesse um último poema. Um pequeno canto do cisne para Felipe.

Dois dias depois, Felipe acordou cedo como de costume. Correu durante uma hora no parque do Ibirapuera. Tomou banho e um saudável café da manhã. Antes de consultar a agenda do dia, fez algumas ligações: para seu agente, para sua mãe e para a garota que iria encontrar à noite. Depois se vestiu e leu o jornal. No jornal uma notícia chamou sua atenção: uma mulher, uma poeta em fim de carreira, foi encontrada morta. Tudo indicava que se matara com um tiro no próprio umbigo. Ao lado do corpo, encontraram um bilhete que poderia até ser um último poema. A polícia estava tentando decifrar a mensagem, que talvez esclarecesse a causa do suicídio. Sabiam apenas que era dedicado a um tal Felipe.

O matador não conseguiu deixar de pensar na imagem da mulher que havia assassinado. Feia, com os cabelos desarranjados e vermelhos caindo-lhe sobre os olhos. Um corpo gordo, desleixado e um copo cheio de uma bebida amarela pendurado entre os dedos. Mas a boca era pequena e aflita, cheia de desespero. E ele, por um segundo, tinha tido uma vontade estranha de beijá-la antes de deixá-la morrendo.

Naquele dia Felipe saiu de casa suspirando fundo e, pela primeira vez, parecia arrependido.

# O COLECIONADOR

Vai desempilhando. O cheiro ruim não entra no nariz entupido. Poros entupidos. Pura sujeira. Pura destruição. Do saco imenso, preto, vão saindo as ex-coisas. Uma ex-coca-cola bonita vem colada a uma ex-batata aflita. Não, não. Nada de batatas. Elas não resistem ao tempo. E nada de empalhamentos de batatas. Não possui a técnica.

Os olhos e mãos – esgrímicas pinças nas unhas longas – catam. E a coleção vai sendo enriquecida por uma ex-kolynos esmagada, descascada. E quase tudo pode servir. Latas e latas e latas. As latas são excelentes. Duradouras.

Um pouco de ex-marlboros. Caixinhas simpáticas, cheias de ar. E quanto mais tortas, reles e ordinárias, mais belas. Destroços, nobres desarranjos aos olhos do colecionista.

Artisticamente, caminha vagaroso e altera as fontes de sua busca. Varia de bairro, de zona, de região. Variar é fundamental para a caracterização representativa. Um elegante bairro deixa suas sobras quase assépticas, quase sem alimentos. Mas as caixas de grandes gradientes fazem sorrir os dentes do catador. Estas terão local de destaque na coleção.

Tateando excitado, experimenta agora a impressão de um anel emborrachado de preservativo que protege sêmen usado. Resto de fertilidade. Solto. Estéril no saquinho abandonado. O prazer ensacado é colhido delicadamente pelo colecionador estranho. Guardião dos restos, ele insere no grupo de entulhos redescobertos o líquido precioso de vida. Sem vida. Sorri.

Prossegue na busca. Não sabe o que querer. Assim, sem desejo, não prefere. Recebe quase todos os frutos da coleta de imundícies com entusiasmo.

Em um canto qualquer, amontoados de pastas e papéis com papéis de papéis. Ex-papéis. Idéias e idéias e idéias. Sem idéias. Agora lixos. Punhados de significantes insignificantes, ao acaso, largados, restados, sem a menor compostura, sem uma sombra de articulação sequer. As palavras bobas, as letras, as línguas, ali, todas mortas. Não sabe muito bem o que fazer com toda aquela bobice. E, por isso, agora precisa eleger. Vai escolhendo algumas palavras, ex-idéias, para o seu grupo de lixo selecionado.

Qual será o grupo de palavras certas? Qual será entre tantas a página? Tem que pinçar a representação. Tenta ler. Não consegue. Fica nervoso e quase

CIDADELA ARDENTE

chora. Não consegue entender os homens. As idéias escritórias e numéricas repetem-se sem novidade alguma. Colunas e colunas e colunas sem fim, todas dispostas uma ao lado da outra. Números e nomes de mãos dadas em minhocas imensas enchem de bobajadas as páginas. Surpreendentemente descobre uma folha toda suja de café. Essa é brilhante e poderá integrar a coleção. Um homem derrubou café enquanto trabalhava. Pensa no homem que existe atrás da página. Ele bebeu café deliciosamente estabanado. O colecionador gosta dessa página com a mancha colorindo grande parte dela.

Caminha ao depósito mais adiante, mas só depois de acabar de puxar todos os ex-fabers mordidos que encontra e as ex-bics sem cargas – instrumentos escandalosamente usados e transformados em nada.

Pensa triste que as ex-coisas são esquecidas rapidamente. Tudo esquecido por todos, menos por ele. Menos por ele.

Um orgulho imenso e quase tolo borbulha. Examina cansadas as mãos. Os ganchos que as pontas dos dedos formam. Para colher, escolher muitas vezes. Receber, montar e preservar. Ele guarda orgulhoso o mundo do esquecimento. Detém o poder da memória. E se hoje não tomam conhecimento da coleção, um dia o farão e ele será sabido, amado. Quem sabe, imortalizado?

- Ele guardou! Ele guardou! Alguém exclamará impressionado.

Uma ex-baigon não faz mais mal a ninguém, nenhum inseto, nenhum homem, nenhum céu. De novo as mãos côncavas dentro de um saco. E uma ex-camiseta alegre e florida fala inglês sem precisão, cheia de buracos e... talvez sangue. E o sangue é sangue, muito sangue naquela ex-hering, que ele recolhe respeitosamente, circunspecto, sem sorrisos, mas com grande excitação. Ele, o guardião, está deveras emocionado.

Anda um pouco pela calçada num momento de pequeno descanso. E, diante de uma vitrine cheia de coisas novas, põe-se a divagações. Haverá naquela exposição algum ponto em comum com a sua? Naquilo que se mostra orgulhosamente por detrás do vidro, respira o projeto de inúmeras histórias. Utensílios que irão fazer parte de muitas vidas. E o catador pensa que aquele mundo de objetos ainda não usados tem em comum com a sua coleção o mistério do tempo e dos destinos humanos. Ele vê futuro e passado esticando-se frente a frente. Empinando-se. Rondando o inatingível secreto das pessoas. Os objetos novos participarão da intimidade dos interiores. De-

CIDADELA ARDENTE

pois... Depois, como dejetos imprestáveis, serão acolhidos pelo colecionador de lixo. Serão preciosidades no seu memorial incomum.

Em seguida, o homem volta ao trabalho. Catar, colher, recolher, guardar, quase sem julgamento, mas com apreciação, com prazer, e esforço também. E nada é tão fácil.

Nos fundos do hospital, num terreno seco, o lixo. Muitos lixos, máquinas, sacos e sacos e sacos. Muito displicentemente, os restos hospitalares amontoam-se. Vai recolhendo: caixinhas, vidrinhos, caixinhas, seringas, vidrinhos, gazes. Contaminadas. Coisas contaminadas. Quanta contaminação levará consigo, para a coleção maravilhosa, o guardador do mundo? O rito da catação não usa luvas. As manchas, o sangue nas coisas do hospital vivem, morrem e doem ali mesmo, no saco do catador. Ele corre o risco. E entrega-se gozoso ao risco.

Daqui a pouquinho ele tem que ir guardar, preparar e expor tudo, todo o seu trabalho do dia.

Mas o olho ansioso sobre o lixo do hospital descobre uma cor que não é de coisa. Na superfície de um dos sacos do hospital o que ele vê é pele. Pele macia. Pele humana. Move-se.

O pegador de restos titubeia. Acelera-se em sobressalto. Alvoroçoa passos e mãos em busca do que vê. Vê que se move. Pára. Examina. Olha muito atentamente, enquanto o coração contorce seu desejo e agonia. Aquilo que ele vê parece sofrer.

Vê o bebê. Um semibebê. Descobre um mistério. E pela primeira vez participa. O bebê é um resto que ainda tenta viver um pouco. Tenta abrir o que parecem olhos. Não, não é um objeto. Está nojento, sujo, fede como os outros restos. Mas a cobertura é pele lisa. Ferido. Morrendo. Estrangulado por impureza e fome.

Estremecem bebê e homem. Inanes. O homem tenta tocá-lo, mas o abalo decompõe a segurança dos ganchos. Bêbado de ar, ele mal respira. Continua e estende mãos e pinças em função do quase bebê. No primeiro toque, a febre, o incêndio do contato. O tato sua no maltrato que o bebê denuncia.

Contra o peito do trêmulo catador, o semimenino dorme ou morre apenas. Está nuzinho, semimenino ainda, quase um nada que cabe apenas numa das grandes mãos.

# MAIS QUE UMA BOA TERRA

Buscou com os seus os olhos grandes do homem. Eles entraram devagar e mudos. Ela os engoliu, fixou a imagem, desviou-se e fechou-se para buscar a compreensão. O mistério do homem ardia em seus olhos.

Quase apta pela intuição à descoberta daquele mundo, não se moveu durante alguns minutos.

Cada poro, cada célula, cada átomo de sua pele desejava, doía em desejo por aquele homem. Mas ela sabia que o desejo sem dor só viria, só poderia existir depois que ela desvendasse o enigma dos olhos do homem.

Mais uma vez ela o encarou. E disse: — Vou ler uma história que estou escrevendo.

Começou então a ler um pedaço de papel. Trêmula, perdida, doce e apaixonada. A voz quase não saía: — "Buscou com os seus os olhos grandes do homem..."

Ele se assustou ao ouvi-la. Pois o começo do texto que ela lia ele parecia já conhecer.

— "Eles entraram devagar e mudos."

— Os olhos entraram? Ele perguntou rindo.

– É... Ela os engoliu... Quer dizer... Os olhos da mulher engoliram os do homem. Se ela pudesse engoliria aquele homem inteiro...

Ele continuou a rir, sabendo que aquilo tinha sido escrito para ele.

– Continua.

– "Ela os engoliu, fixou a imagem, desviou-se e fechou-se para buscar a compreensão. O mistério do homem ardia em seus olhos."

– Mistério? Que mistério?

– O homem guardava um mistério. E isso não permitia que ele se entregasse à mulher completamente.

Ele sorriu como se achasse aquilo uma bobagem.

Ela continuou:

– "Quase apta pela intuição à descoberta daquele mundo, não se moveu durante alguns minutos".

Ele retrucou, ainda rindo:

– Não há mistério nenhum.

– Como você pode saber? O personagem é meu!

– É que eu já te contei tudo sobre mim.

– Não estou falando de você! – ela mentiu.

Ele se afastou. Saiu da casa. Ela pensou em segui-lo, mas só o fez com o olhar. Lá fora, sob um luar extenso, o homem foi diminuindo até perder-se de sua vista.

## CIDADELA ARDENTE

Ela pensou que ele não havia entendido que o mistério insistia em ocultar-se sob os fatos de sua vida.

Não eram as mulheres que ele havia possuído que a faziam estremecer de pavor, mas o que nelas havia sido intenso e não duradouro. O que jamais havia permitido que ele se fixasse profundamente em qualquer uma delas. Como se cada mulher para ele possuísse a mesma face. Como se a mulher tivesse para ele sempre a mesma feição, a de uma boa terra onde plantar filhos, árvores ou a de um campo de fruição do desejo. Só isso.

– A mulher como uma terra boa.

Repetiu alto, sem notar que ele havia voltado. Queria convidá-la para ver a extensa lua prateando o campo.

Ela foi com ele. Para fora da casa. E sob a lua e sobre a terra macia e morna, os dois se amaram. E ela sentiu-se como uma terra boa. Mas pediu para a lua que o fizesse apegar-se a ela e que em seu colo tranqüilo ele pudesse descansar o coração inquieto.

Pediu mais. Que ela fosse mais do que uma boa terra. Queria ser talvez uma lua imensa e antiga que cobrisse de luz mansa aquele corpo que agora transpirava ofegante sobre o dela.

# SAGRADO

A menina escreve, no caderninho novo e sujinho de orelhas levantadas, uma frase ditada: "O Senhor é onipresente, onisciente e onipotente". Medo na espinha. Vem a explicação de que aquele senhor está em todos os lugares ao mesmo tempo, sabendo de tudo o que a menina faz e podendo dar todos os castigos que ela nem pode imaginar. Sem sentimentos. Ela percebe. Esse tal Senhor em maiúscula não tem os sentimentos humanos. A menina procura se assegurar disso. "Não", a resposta da freira: "Ele não é humano". Gelo no coração. Medo. No livrinho procura uma imagem do Onissenhor em maiúscula. O que vê é uma caixinha com três pontas que tem dentro um olho enooooooooooooorme. Tenta imaginar que olho é aquele de ônix soberbo. Não é de um homem certamente. O Senhor maiúsculo não é homem e não sente como os homens. Insensível olho. Procura na memória um animal que lhe tenha parecido insensível e de oniolho.

Leva para a casa a procura. A lembrança de poucos bichos não ajuda: um coelho é quente e simpático. Não, não está em tudo. Um gato tem olhos gozados, arranha, mas sente fome e sede, mia e chora alto durante a noite. Seu cachorro tem muitos cabelos sobre os olhos, é gordo, desengonçado, brinca.

Que bicho é frio, mamãe? A mãe tenta ajudar: Hum... Lagartixa. Não, mamãe, maior, mais frio, mais feio. Ah, cobra. Não, não tão comprido. Nem tão mole, mamãe. Insensível. Inalterável. Sapo? Isso. É esse. Sim. O sapo sagrado tem um olho no triângulo do buraco da fechadura do mundo.

Vai dormir com a compreensão de tudo. A descoberta é de que um sapão está no quarto. Na cama. No travesseiro. A menina chora, se apavora. O sapo mudo não muda de posição. É sagrado demais e quer seu medo, sua alma, até seus ossos. Asco, submissão e pavor levam a menina a acender de febre. Vê a luz do abajur aceso. Vê o abajur em chamas. Os adultos conversam sorridamente na sala. De repente apaga-se toda a luz da casa.

– Ih, queimou o fusível! Que coisa chata!

O pai explica. Mas, quando as luzes voltam, só a menina vê nas paredes do quarto, sob os interruptores, a sombra escura causada pelo poder divino. A mão da mãe sobre a testa. A febre é alta. Os olhos estão lacrimejantes e há bolhas no corpo da submissa.

– Coitadinha. A nossa menina está com sarampo.

– É, é sarampo, sim. Olha o rostinho dela.

Os dois acodem a pequena nos afagos quentes. Levam-na para a cama grandona de casal e ela dorme comovida pela expressão de conforto com que os seres humanos seus pais, senhores minúsculos de sua vida, sabem cercá-la em momento tão difícil, de luta contra o sagrado poder batráquio. Dorme e o sapo dá de ombros, nem liga, não sente nada mesmo. A natureza ronca e o mistério de um sarampo provocado pelo sagrado fica na memória distante e vermelha.

# A SURRA

Um corpo meio caído. Um olho de sapo observa gigante tudo. Cabelos no rosto colam-se às pálpebras e ferem os olhos. O olho onipresente reconhece a personagem. Uma pancada solta, um tapa impreciso, sem aviso. Outro. Escorregão agora. O corpo cai, todo, tonto, tolo, encolhido, avermelhado. O mundo é vermelho e movimentado na mão aflita da mãe.

A filha cai. A filha cai. A filha cai. A repetição se dá como em filme mudo. Muito rápida. Apressada.

Vem o socorro. No pai. Na irmã. Na empregada.

Pena, porque o dia tinha cheiro de sábado. O ser supremo reconhece o odor. Inalterável. Estático. O odor quente de cera, de feira, de vento, de sábado fresco. Fresco como só os sábados são.

Outro tapa. A mãe está alucinada. Um ódio crescente no coração. Um amor de não sei quê de culpa de perdão de angústia. O olho único do mundo pisca verde. Nada sente.

A mãe se descabela. Ama. Dói. A mão vermelha dói. O mundo sanguíneo da dor ocupa o coração da tarde de sábado. A filha rasteja, tateando pelos móveis.

THELMA GUEDES

Procura voltar a ocupar o ventre da mãe. Retrai-se então no calor da água quentinha e dorme silenciosamente. A mãe arrisca uma mão de carinho no seu bebê que voltou. Chora.

Nada simples. Tudo é mistério.

# CIDADELA ARDENTE

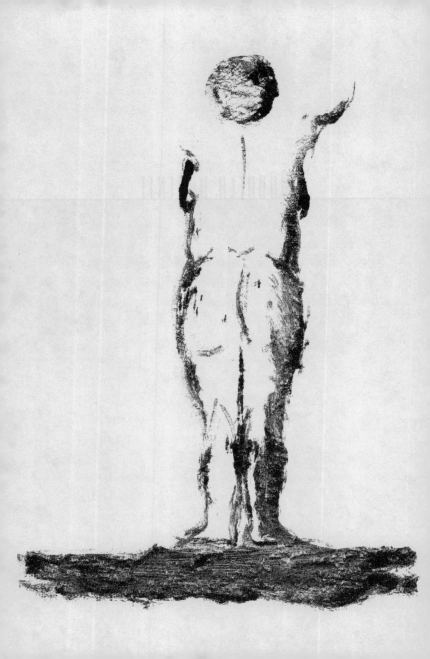

O homem morre. A mulher ficou só. Filhos pululam pela casa. Resta pouco alimento. Cabeça chata. Ossuda. Ela bota o pé fora da casa. Avista o sol e treme. As bocas que vão chorar por comida gritam agora dentro da casa na algazarra num não compreender criança a morte que ensebada deita sobre o defunto velado na sala. Poucos senhores de chapéu e mulheres acompanhantes limpam o nariz às moscas, pouco se incomodando com o homem defunto da mulher só. Sozinha ela se despenca daquilo tudo e se descalça pelas bandas do seu mundão de pó duro. A mãe valente vai chorar a fraqueza do medo longe dos seus bichinhos esfomeados. Magro urro se arranca da goela seca, num rasgo de indecência, de desejo de matar o mundo da procriação, do sexo. Aquelas coisas miúdas dentro de uma casa pobre não terão o que comer logo. Não sabe, nunca soube de onde vinha o dinheiro que o defunto trazia. A comida caía em suas mãos. Agora suas revoltas íntimas, de mulher calada que rejeita com um não de fundo as maneiras de existir no mundo dos homens machos, de nada importam, pois é o estômago da ninhada que está no risco. A perda de seus pedaços. Isso não! Isso num pode! Falta de amor, de escolha, carinho, fome de todas as coisas que desejou, isso não tem importância mais não. Mas os filhos... Os filhos não devem, não podem sofrer.

Pernambuco, em Correntes, não é nada bonito. O céu é que é bonito em todo lugar. Mas, olhos para baixo, só vê seus pés semidestruídos de poeira e ferida de pedras. As correntes de Correntes são seus sonhos pisados pelos pés dos homens e agora pelo medo de matar os filhos de fome. Helena está melhorzinha, fora os calombos que se apoderaram da cabeça com poucos cabelos. Mas Laís é forte. Como aquela gorducha é danada de inteligente! Já tem quinze anos e diz que não vai casar, vai é levar a sua gente pro Sul. E olha que é de se acreditar no que ela fala. Às vezes a mãe até pensa que a filha é que é mãe de todos eles. Branca e cheia de viço, não tem aquela tristeza e incerteza de seu olhar índio.

A mulher se envergonha. Senta-se na dureza, fincando um galho seco nos pés de machucados. Orienta os olhos na pele morena forte de sua cobertura e se esclarece do enigma da coragem da filha num pensamento simples que a convence: a pele branca deve ser o sinal da força dos miolos. A filha é branquinha como a água sem barro.

## CIDADELA ARDENTE

Chora. Não por causa da morte daquela coisa-corpo que se estende na mesa da sala, porque alegria ele nunca trouxe na bagagem de volta das viagens de sempre. E aquela última viagem da coisa inquieta que agora mela o lençol de defunto é só mais uma morte. Mais um medo. Medo do sol. Da fome. Da miséria.

Um seio à mostra de puro desarranjo para fora do vestido investe contra a paisagem ampla e sem ar. Um galho na mão do braço levantado da mulher pode servir de espada ou de bandeira para uma memória sem testemunho.

# SEM MISTÉRIO

O rosto pálido no colo da mulher dorme e a deixa aos poucos. A mulher não pode suportar o balanço do carro. E o estômago parece que vai saltar para fora. Sabe que agora a despedida é pra valer. Não consegue perceber se a mãe dorme, se respira. Está ausente. Bonita sem cor. A dor daquele parto arrebenta as tripas da mulher. Não sabe se respira, se está dormindo, sonhando com a mãe morta em seus braços. Não sabe se está morrendo também, como ela, junto com ela. Sua fonte geradora e infinita acaba de se esgotar e escorre pelo vão dos dedos que seguram a cabeça da mãe. A cabeça pesa. As lembranças todas da mãe em seu colo, seus conflitos, medos, desejos, a filha os tem todos ali em seu colo, na cabeça que balança frouxa.

Os cabelos da mãe não são totalmente brancos. Lisos, muito lisos. Os dedos da filha passeiam uma última vez por essa mata macia. A mãe morre devagar. Enlaçadas uma no corpo da outra, miúdas e encolhidas dentro da velocidade de um carro.

Da filha, os líquidos, como num mar vermelho e rebelde, deságuam sobre a velha morta. A velha

THELMA GUEDES

levinha pula sob as curvas, saindo da vida ante as contrações que a expulsam. Para a filha uma última tarefa: a de conduzi-la ao fim.

E o infinito chega. No Pronto-Socorro, os braços de não sei quem arrancam da filha o último contato com o tato da pele de mesma codificação genésica, matriz de sua substância. A interrupção da proximidade vem pela pressa na tentativa de salvá-la. Mas a filha já sabe que ela está morta. E aceita a separação, já depurada nos momentos em que acaba de deixá-la. O movimento brutesco da maca arrebenta mais vasos, e mais liquores derramam-se dentro daquele corpo que foi sua mãe.

Saindo da sua, procura a lesão do mundo, mas é impossível perceber qualquer verruma despedaçando a alma sólida do dia ensolarado.

Procura a mãe. Uma mãe magra, velha, cansada, já sem vida. Mas ela sumiu das vistas. Agora é encontrá-la sob o humo. No encanto das raízes, formando uma estranha química de natureza viva mas sem identidade única. Acompanhada, miscigenada às larvas, às traças, aos anéis gosmentos de vidas que se confundem sob o plano. Assim, desfeita, aquela mãe, logo logo será terra. Simples. Simples. E sem mistério.

O longo nariz de Alice guia os passos do cortejo comprido. Em devagares ruídos, as pessoas olham-se e espremem-se com impressões de dores. Sentidas, meio-sentidas, forçadas talvez algumas. A atriz em Beatriz chora abundantemente. Clara despe-se da arrogância e clama sinceramente a vida perdida de Alice.

Laís é um duro olhar perdido. Ligada ao fazer, organizou tudo, internação, certidão de óbito, velório, caixão, enterro, roupas doadas a um asilo. Não conseguiu organizar o abalo ainda. A sonolência ajuda a amortecer o vazio. Anda amparada pela filha mais nova, mas não sabe quase de Alice. O enterro parece uma imagem de sonho, pesado sonho que se arrasta sem música e quase sem cor. Estranho isso, pois é comum em seus sonhos ouvir uma música ao longe. Mas hoje a cidade está diferente, delineada em escura desarmonia de ventos.

Alice deve dançar usando o fundo negro do dia de seu enterro. Imagino Alice subindo a dançar como serpente no trovão.

THELMA GUEDES

Carolina não veio. Não adiantaria. Seu coração diz: infeliz. Deve chorar em casa. Agarrada ao sofá. Tremendo e fumando feito louca agarrada ao sofá. A avó morreu. E não adianta mais nada.

E o nada é o sapo imponente, enoooooorme, verde, calado. Insensível. Olho onipresente. Triângulo. Divindade. O nada não sente nada por Alice.

Os homens encarregam-se de carregar o corpo. Seis homens para seis alças de ossos leves. A madeira pesa mais que Alice fluida. Estão na despedida, os homens ritmicamente unidos por um baile cerimonioso de partida. Cenhos pesados. Filhos e genros do cadáver são observados e eu, que os descrevo, pergunto-me sobre a incógnita do coração masculino. Os sentimentos reais daqueles homens não se localiza decerto nos cenhos pesados da narrativa. Qual será a verdade deles? Sentem a dor da perda da velha como as filhas, netas e noras? Impossível saber. Incógnita dos cenhos dignos. Um filho não está lá. José deve estar bêbado em algum canto do mundo, sem saber da mãe.

Helena tece um passo trôpego de zonza embriaguez de dor. Nem consegue enxergar a despedida. Numa folha prensada num livro amarelo é uma menina recém-nascida, salva da morte prematura pela mãe. Agora é uma filha gorda, sadia e envelhecida, que se verga sobre o berço de morte da mãe sem poder salvá-la. Nenhum líquido sagrado para revivê-la. Não possui o poder infinito da mulher que é enterrada. Incapaz, continua no meio das pessoas de negro, sem conforto, num embalo brando e mórbido.

Carmem enlouquecida quer deitar-se sobre a terra para deitar-se sobre Alice morta. Alguém não permite a atitude absurda de Carmem, trazendo-a para o apoio do ombro. Bárbara serena é o rosto de Alice moça. A neta mais amada. A primeira neta. Moça perfeita. Nem despenteada. Mas Bárbara também chora um pouco. Amada, o amor acabou por contaminá-la.

Cada movimento de Alice, imaginado, sinuoso como seu grande nariz, arrebata a natureza. E o sapo grande venta, levantando saias. Chove.

Chove muito.

Laura, a filha ossuda e mais bonita, acalentou a mãe no último sono. Alice morreu em seu colo. Não chora mais, porque sua água acabou antes do enterro.

Entre os pequenos que não sabem de nada e correm rindo pelo cemitério, Clarice é ainda a mais pequenininha, mas a mão de carinho da velha está escrita em letras quentes nas peles de seu corpinho.

O Rio de Janeiro, incomum hoje, é calmo, chuvoso e frio.

E meio de longe, num ponto acima do roteiro do grupo familiar, observo a despedida. Lembro-me de minha infância cuidada em Alice. Apenas uma memória. Penso ver a dança dos braços de Alice no vento.

Começa a chover forte demais. Fujo da chuva. E chove mais. De onde estou posso ver.

# AS CABEÇAS

Sou um homem civilizado: terno, gravata, chapéu e sapato preto engraxado são meus paramentos. Entro no museu calado e tentando o silêncio absoluto. Mas não consigo. O espaço é enorme, quase vazio e meus passos ecoam alto pelo ambiente.

Elas estão expostas sobre o móvel. Vejo-as de longe sob o vidro. Cabeças. Sós. Somente. Sem corpos. Não vejo seus antigos pertences. Nada de anéis. Nada de óculos. Nada de chapéus de couro. Não ouço sanfonas. Nenhuma música animada. Nenhuma voz berrando aquelas canções abertas nordestinas quase orientais.

Os passos ecoantes chegam até as vitrines. Ah, aqui está o célebre casal de cabeças. Cabeça macho com cabeça fêmea. Um casal famoso. Cabeças famosas. São muitas as histórias que contam sobre eles. Muita coragem e audácia. Coragem para a violência. Coragem para a fantasia.

Agora estão aqui. Gozado. Sinto-me estranho. Sou um homem inteiro que de repente se aproxima das cabeças. E elas são uma curiosidade. Absurdamen-

THELMA GUEDES

te curiosas, não pensam não planejam não se rebelam. Murchas. Vazias. Troféus ocos e de material podre.

Ridículo e triste, sou o homem inteiro que admira admirado as curiosas cabeças curiosidades. Sem óculos e sem anéis, sem fuzis, elas são osso e carne em textura quase de desmanche. De papel. Troféus de papel podre. E isso foi o que restou dessa história.

Agora duas mulheres inteiras juntam-se a mim, o homem civilizado e inteiro, a admirar admiradas as curiosas cabeças curiosidades. Sem pensamentos, o ex-casal vitrina-se diante agora de uma pequena multidão de homens e mulheres inteiros.

O vidro que cobre as cabeças é à prova de balas para que elas não sejam tocadas ou destruídas. Tenho vontade de rir, porque as duas cabeças já estão tão destruídas. Mortas. Sem corpos. Tenho vontade de rir alto.

Fico imaginando se sob o vidro elas pudessem ver os corpos inteiros da pequena multidão de homens e mulheres inteiros. Olhariam assustadas as pessoas. O homem-cabeça perguntaria sobre seus anéis e sobre seus óculos. E, ao lado, a cabeça-mulher procuraria o corpo e provavelmente iria querer saber do fuzil e dos seios. Mas ninguém responderia.

Homens e mulheres inteiros, admiramos admirados as curiosas cabeças curiosidades. Montes de veias sem ligações e sem movimento. Putrefatas. Ressecadas. Papel. Secas. Frutas. Passadas. As cabeças maduras murcham sob o vidro glorioso dos olhos do passado do glorioso país. Sentam os olhares-cabeças sobre nós. Parecem perguntar se o vidro à prova de balas protege os corpos dos homens inteiros ou as cabeças dos homens-cabeças. Para que o vidro? Se pudessem falar, perguntariam. Quem está dentro dele? Onde estão as balas para um vidro à sua prova?

Para que o vidro? Não haverá mal maior do que o já feito aos homens das cabeças. Para que o vidro? As cabeças já não empunham fuzis contra os homens inteiros. Não precisam estar à prova de balas.

Sem balas. Sem anéis. Sem quadris e sem seios. Murchas. Glorioso passado de um glorioso país. Os homens inteiros comovem-se ante o passado seco. Como papel. Sem veias, sem vias, sem sangue. O passado não pulsa. Esmagado, decepado, curiosamente exposto, chora e pergunta do corpo, do fuzil, do seio, do vidro, do pensamento, dos anéis e dos dedos.

Um inteiro menino cola um chiclete displicente no vidro glorioso inabalável, cuspindo de nojo e de tédio presunçoso. Eu rio daquilo e me retiro. Vestido e civilizado: chapéu, terno, gravata e sapato preto engraxado.

# PÁLIDA ESTAÇÃO*

* "Pálida Estação" foi inspirado no conto "Uma Branca Sombra Pálida", do livro *A Noite Escura e Mais Eu*, de Lygia Fagundes Telles.

— Love, love, my season. Love, love, my season.

Sussurradas. Essas foram para mim suas últimas palavras. Com um olhar malicioso e a boca entreaberta oferecendo-se para o último beijo, ela repetiu a doce fala de uma poeta. A baforada de ar quente das sílabas tocaram meu rosto e entraram agradáveis nos meus ouvidos. Sua face estava vermelha e suada e ela sorria tranqüila. Agora, vendo-a gelada, imobilizada pela morte dura, não posso entender. Como alguém pode dizer aquilo e horas depois matar-se? E ela nem deixou um bilhete.

Seu amor foi uma pálida e breve primavera... Penso abobalhada. Uma primavera cheia de frio e medo. As flores? As flores eram rosas vermelhas e brancas. As vermelhas, acaloradas, era eu quem trazia. Sanguíneas, eu as trazia para celebrarmos o prazer compartilhado. As hipócritas brancas, símbolos da pureza virginal da filha, eram oferecidas pela entumescida e gélida mãe. A filha aceitava as duas ofertas, separando-as com sagacidade e uma certa alegria. Divertia-se com a disputa entre nós duas.

THELMA GUEDES

Seu amor por mim foi uma pálida e breve primavera... Minha mente estúpida continua filosofando enquanto sinto a grande dor. Enquanto no velório olho aflita para a mãe da morta e peço em silêncio que ela me diga que não é verdade, que aquilo não está acontecendo. Mas a mãe me odeia e não me diz nada. Ou parece culpar-me pela tragédia. Seus olhos brilham em minha direção: sua desavergonhada, foi você que matou minha filha! Este prazer e esta sua alegria mataram minha filha!

Tenho nas mãos as rosas vermelhas que eu trouxe hoje, como sempre trouxe para ela. Mas ela está morta e eu não sei a quem entregá-las. Choro com o rosto enfiado nas flores. E não há mais saída para a dor. A velha empregada me abraça. A mulher simples e sensível gosta de mim. Tomada por violenta ânsia, corro até o banheiro. Vomito na privada oca. Vomito na pia limpa. Vomito no chão úmido. Não há mais saída. As rosas vermelhas continuam agarradas em uma das mãos. Tento limpar a sujeira. Recomponho-me e volto para a sala. Decidida a entregar as rosas para a morta.

Antes percorro com o olhar a cena terrível do inacreditável velório. A morte está num muito pequeno e branco corpo estendido em ataúde negro na sala escura. Poucas pessoas: vizinhos curiosos, duas colegas, a velha empregada, a mãe... Aquela maldita mãe que tanto me odeia e é agora a única cúmplice na dor absurda que sentimos.

Talvez a sua dor seja maior. É bem provável. Afinal, é a mãe da morta. E está tão pálida agora quanto a filha.

As duas estão muito parecidas. Brancas demais. O mesmo rosto. Mesmos ângulos, mesmos ossos. As mãos pequenas. Os mesmos olhos azuis. Só que a mãe ainda pode abrir os seus olhos grandes, movimentando-os energicamente, como sempre, como raios em minha direção.

Tenho medo dessa mãe furiosa. Medo e pena. Durante todos os anos em que freqüentei a casa, nunca a vi sorrir, nunca a vi abraçar a filha ou fazer-lhe qualquer carinho. Tenho medo dessa minha cúmplice que não sabe abraçar. Na verdade, eu gostaria de poder chorar em seu colo... Talvez aproximar-me como uma filha. Mas isso é um absurdo. E não entendo como ainda posso pensar nessa idiotice completa agora, diante da morta. Aquela mãe me odeia e me diz isso com seu olhar colérico.

Ela arrumou as suas rosas brancas sobre a cabeça da filha, como se ela fosse um anjo. Sim, minha senhora, sua filha era um verdadeiro anjo de pureza, mas a sua estação era o amor. E ela me disse isso antes de morrer. Ela amava. Ela era um anjo de fogo que amava e me fazia arder. E as minhas rosas vermelhas são vermelhas como era o coração de sua santa menina. As suas hipócritas flores brancas de sempre coroam a candura de uma amante quente.

Vinte anos. Ela tinha vinte anos. A mesma idade que eu. Pensávamos no futuro. Fazíamos planos: estaríamos formados, viajaríamos juntas, passaríamos talvez um ano fora, estudando. Voltaríamos, moraríamos numa casa na praia ou no campo. Envelheceríamos juntas. E você não seria avó, sabia? Nunca seria avó. Sabia disso? E quem se importava? E quem se importa agora? Você nunca vai ser avó. E vai ficar sozinha, remoendo esta sua existência amarga. E fumando esses seus cigarros imundos.

Mas eu não consigo entender o que aconteceu. Pergunto repetidas vezes à empregada o que pode ter havido na noite de domingo. O que aconteceu com ela? O que pode ter acontecido com ela? A velha mulher me diz sempre a mesma coisa: que viu a menina duas vezes antes de ir dormir. Na primeira vez, ela foi buscar um vaso e água para as flores vermelhas. Na outra, mais tarde, foi buscar na cozinha um copo de água e um beijo de despedida. Tudo normal. Como sempre.

Como sempre nada. Ela se matou dessa vez.

A mãe arrumando suas rosas brancas. Eu me pergunto em silêncio e lágrimas se ela sabe alguma coisa sobre esse suicídio absurdo. A mãe continua a arrumar as flores brancas sobre o corpo da morta. Eu estou disposta a arrumar as minhas vermelhas. Pergunto se posso. Ela assente com a cabeça. E é a última vez que posso tocar levemente aquela pele. Fico com medo porque ela está fria. Medo que ela esteja sentindo frio. Procuro aquecer seus pés envolvendo-os com as mãos e bafejando neles. Percebo a insanidade do ato. Acabado o ramo, as rosas rubras cobrem a metade inferior do anjo. Saio suando. Enquanto miro minhas passadas rápidas em fuga, prometo à morta que haverá sempre rosas vermelhas em seu túmulo. Sempre. Sempre. Eu prometo.

# A LIGA DE KALI

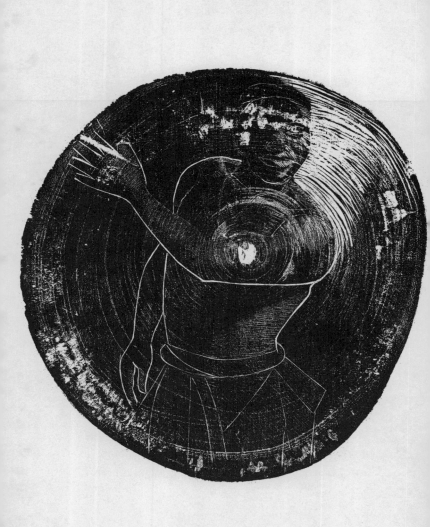

Os passos até o parque público seguiam a direção do vento. Abraçados sob o mesmo cobertor poído, os dois andavam sem pressa. Em alguns momentos, o velho erguia a cabeça, sinistro e cismativo, olhando o céu.

Tremendo de frio, o garoto aconchegava-se cada vez mais ao corpo grande do adulto. Sem pensar, ia recebendo as imagens da noite com encanto e silêncio.

Passaram pela grande estátua, pelas avenidas quase sem carros. Pisaram então sobre a grama macia e caminharam pela margem dos lagos, admirando os espelhos que eles formavam com as torres da cidade. Aos poucos, distanciaram-se dos espelhos, adentrando devagar, mais e mais, no parque do Ibirapuera deserto.

Chegaram ao lugar onde costumavam encontrar-se com os outros. Ali num canto estavam os pertences do pequeno grupo: caixas de madeira que serviam de cadeira para as reuniões, pedaços de papelão, cobertores velhos, os cadernos e livros de Aníbal e algumas garrafas de aguardente. Acomodaram-se um diante do outro, esperando os demais que não tardariam.

THELMA GUEDES

Em volta dos dois, havia o mundo de uma noite gelada de julho, e no meio, entre eles, uma fogueirinha mixuruca que o homem acabara de fazer com gravetos catados pelo caminho.

Enquanto os olhos do ancião, vermelhos diante do fogo, quase saltavam, o menino rangia todo, apertando muito os ossos do corpo. Ele tinha um medo grande daquela expressão que o velho fazia quando acendia o fogo e se concentrava antes de começar a falar. O homem esfregava as mãos enormes e vermelhas. Grandes e inchadas, tinham as unhas compridas, pontiagudas e sujas.

Como os outros não haviam chegado, ele esperava em silêncio. Ficou assim, calado, por um bom tempo. De repente, puxou a garrafa de pinga de dentro de um saco plástico preto que trazia sempre consigo. Começou a beber devagar. Bebia, ajudava o fogo com mais gravetos e olhava sério na direção do menino. Calado e olhando. Calado e sombrio. Feito um velho sábio. Ou um velho fingidor de sábio.

O menino, nervoso, desviou o olhar. Não entendia essas coisas estranhas de Aníbal. Gostava muito dele, mas tinha pavor de suas maluquices. O velho até que era um bom pai. Completamente doido, todo mundo sabia disso. Mas todo mundo também sabia o quanto ele amava aquele moleque. Foi Aníbal que

CIDADELA ARDENTE

o encontrara no meio do lixo, ainda bebê. E cuidava dele até aquele dia. Até ensinou o pequeno a ler e escrever. E o garoto orgulhava-se disso. Com apenas treze anos, já lera pelo menos uma dezena de livros. Adorava ler os livros que o velho achava em suas andanças pelos lixos da cidade.

Mas Aníbal tinha muitas esquisitices. Durante toda a vida, teve o vício de colecionar peças de lixo. "Peças especiais", segundo ele. Para o menino, tudo o que ele recolhia não passava de lixo comum. Uma coleção de porcarias.

Além disso, Aníbal inventou de reunir uma vez por semana um grupo de mendigos, seus amigos de rua, para passar a eles os ensinamentos de um livro misterioso que havia encontrado. Uma obra que ele não deixava que ninguém visse ou tocasse. Desde que lera as histórias desse livro extraordinário, ele havia piorado nas suas estranhezas. Chegou a mudar o nome do menino: de Moisés passou a chamá-lo de Kalidasa, nome que o próprio velho mal conseguia pronunciar. Ninguém entendeu, mas ninguém ousou perguntar o motivo da alteração, pois Aníbal andava meio furioso naqueles tempos.

Aos poucos, em pequenos grupos, seus homens foram chegando. E, pacientemente, ele esperou até o último fiel. Ao todo, além do pequeno Moisés, vie-

THELMA GUEDES

ram doze discípulos do velho e louco mestre. Sentaram-se à sua volta, todos meio bêbados.

Quando silenciaram e olharam para Aníbal, esperando o que ia acontecer, ele levantou-se, postando-se em frente do menino numa pose muito difícil para a sua idade. Com uma das pernas arqueada e erguida, jogada para trás das costas, o velho deixou para a outra a difícil tarefa de tentar equilibrar sua bebedeira. Os braços ficaram levantados como se segurassem no alto uma lança ou algo semelhante. Depois começou a mover o corpo como se dançasse. Girava, balançava os braços rapidamente e colocava a língua para fora agitando-a vigorosamente

Vermelho, pela mistura de álcool, fogo, esforço da dança e uma emoção exagerada, ele parou, sentou-se novamente, sentindo-se o centro de tudo.

Os homens e mulheres tiveram o mesmo medo agradável do menino. Passaram então às ocupações, um de falar, os outros de ouvir, emocionados, a história do mundo. A falação de Aníbal era inatingível para eles. Mas o mistério era como fogo e aquecia a noite fria. Até queimava um pouco, de um prazer diferente. Era uma felicidade geral, que, apesar do medo e respeito pelo velho, fazia todos se exaltarem, experimentando, às vezes, um pequeno grito entre as palavras de Aníbal. Os vagabundos, que nunca ti-

CIDADELA ARDENTE

nham nada para fazer, foram chamados para uma estranha cerimônia e sentiam-se importantes por isso. Aquilo parecia algo realmente especial.

A noite era muito negra, sem lua ou estrela. O negrume levou a cabeça do velho a divagar sobre uma deusa antiga, feia e terrível da Índia, cuja história o seu precioso livro trazia.

Pigarreou imponente. E iniciou sua pregação, avisando que iria continuar a falar da deusa Kali. Disse muitas coisas sobre ela. Descreveu seu corpo magro e quase azul de tão preto, sua língua terrível, sua dança mortal, seus enfeites, a face assustadora com um terceiro olho sempre aceso. Disse que ela tinha "segredo oculto", que era poderosa e que escondia a noite da terra e a noite das gentes do mundo. A noite das gentes tristes. Como era seu costume, repetiu muitas vezes as últimas palavras de sua fala: "a noite das gentes tristes, a noite das gentes tristes, a noite das gentes tristes".

Alguns dos mendigos ficaram pensando na sua própria tristeza e miséria. E, depois de um pequeno silêncio, alguém quis saber se eram eles as gentes tristes. E se eram tristes porque eram mendigos.

Todos estavam sérios e compenetrados, menos um homem completamente bêbado que apalpava a perna de uma pequena mulher e murmurava boba-

THELMA GUEDES

gens no ouvido que ela nem percebia, pois estava atenta ao fogo e ao delírio de Aníbal.

Aníbal tomou um gole antes de responder a pergunta. Meneou a cabeça negativamente e disse que todos os homens eram as gentes tristes. E que a tristeza vinha da dor profunda dos homens, da sua braveza, do seu ódio e da sua morte. O que Kali escondia eram os mistérios das forças que não apareciam na parte de fora dos homens: a paixão vermelha queimando o coração, a doença negra comendo as tripas, o tempo trabalhando como formiga aplicada diminuindo o corpo e o destino trágico em que tudo pode acontecer. A morte e seus companheiros moravam dentro dos homens. Isso era o segredo e o poder de Kali. Era ela quem mexia em tudo isso. Esse caldo liguento que ardia dentro da alma.

O menino arriscou perguntar se os meninos também tinham essas coisas tristes dentro. Perguntou se todo mundo ia morrer.

— Todo mundo, filho.

Aníbal bebeu mais. Até a última gota daquela garrafa.

Levantou-se para procurar uma outra garrafa entre suas bugigangas.

Quando ele voltou a acomodar-se, uma mulher gorda e sem dentes perguntou assanhada se Kali era

CIDADELA ARDENTE

verde. A gorda disse que tinha visto no livro de Aníbal uma mulher verde e feia pra daná.

– Era ela? Essa feiona era ela, a tal de Kali?

A mulher levantou e começou a fazer trejeitos gozados, tentando imitar a pose e a feiúra do que ela pensou ser a deusa Kali.

Os discípulos tentaram conter o riso, mas não conseguiram. Aníbal ficou irado.

– Você viu meu livro?! Você viu meu livro?! Você viu meu livro?! – Gritou transtornado e repetindo.

A discípula gorda vangloriou-se com orgulho de que o velho tinha emprestado seu livro sagrado para ela uma vez, depois de terem deitado juntos.

– Você não lembra?

O mestre gostava mesmo de deitar-se com a gorda. Era carinhosa apesar de tão feia. E tinha aquelas carnes quentes que pareciam nuvens. Só não se lembrava de ter permitido a ela o acesso ao livro maravilhoso.

Envergonhado, Aníbal tentou continuar. Disse que a gorda estava enganada, que a sua Kali era pretinha.

Mas a mulher insistiu, afirmando que tinha uma mulher verde, uma mulher-monstro com um olho muito grande que parecia estar dentro de uma caixa ou de um buraco de fechadura. Um olho que parecia o de um sapo.

Irritado, Aníbal mandou a gorda calar. Disse que ela estava se confundindo toda e que era para ela parar de estorvar as falas suas.

Respirou fundo quando viu que a discípula havia obedecido, bebeu mais um pouco e continuou. Kali era pretinha, como um fundão de mato preto. Ela era magra e feia. E estava em tudo o quanto era lugar. Em tudo. Em tudo mesmo. Uma deusa de verdade, com poderes de mandar nas vidas e nas mortes das pessoas. Repetia que Kali era pretinha e feia. Briguenta. E que mordia por dentro das pessoas com dentão de vampira.

O grupo sentia calafrios. E um ventinho passou justo naquela hora, pelas costas de todos. O menino olhou para trás, assustado. Viu a cor de Kali atrás de si.

O menino concluiu que então ela não gostava das pessoas. E o velho respondeu que esse jeito dela não era de gostar nem de desgostar. Tentou explicar direito, mas ficou indeciso. Ele mesmo não entendia bem os modos de Kali. Tentou, tentou, mas... Ah... Disse que não tinha explicação certa pras coisas daquela deusa danada.

## CIDADELA ARDENTE

Magro e miúdo demais para a sua idade, o garoto ouvia sem entender quase nada. Mas sentia um pavor sagrado nas frases misteriosas.

Perguntou, então, quem era essa tal. O velho pediu calma. Pediu pro menino abrir o ouvido sujo e escutar direito o que ele ia falar.

No silêncio, o menino com sono, coçou o ouvido sujo. Incomodado com aquela conversa, resolveu procurar seu saco de cola e cheirou um pouco. Mais feliz, continuou escutando.

O velho dançou mais uma vez. A coreografia agora era ainda mais difícil. Alguns riram. Ele olhou feio. E voltou-se novamente para o menino. Perguntou se agora ele entendia. Mas o menino entendia menos ainda aquelas micagens do pai.

– Você não vê a deusa? Não sente medo dela?

Os olhos vermelhos quase saíram do velho e caíram no fogo. Disse aterrador que Kali andava por ali. Com as mãos fechadas batia nas portas pedindo para entrar.

O frio aumentava quando o vento soprava a pequena fogueira, quase apagando o calor. Alguém lembrou de alimentar o fogo.

O menino pensava. Estavam na rua... A tal Kali nem precisava bater. Estavam completamente soltos no mundo de Kali. E quando ela chegasse, o que ia fazer? Que mulher era essa, santo Deus? Alguma louca, andando com um grande saco nas costas, assim como seu velho pai? Só que Aníbal disse que ela matava... Foi isso o que ele tinha falado?

O velho gritou quando notou o olhar distraído de Moisés. Gritou enérgico para ele prestar atenção. Apontou com o indicador numa determinada direção.

– Olha lá!!!

Todos se assustaram com o grito e voltaram os olhos ao mesmo tempo para aquela direção, mesmo alguns que estavam começando a se desinteressar pela história e se acomodavam mais confortavelmente para cochilar.

O velho apontava longe, na direção dos prédios altos e iluminados. Disse que as pessoas que moravam naqueles edifícios altos se deitavam em camas quentes e limpas. E que, por isso, sentiam-se protegidas do frio, da dor e da morte.

O menino, engolindo a saliva gelada, desejou aquilo que o mestre mostrava.

Mas o velho disse que os homens tentavam se proteger à toa, porque Kali era mãe e queria todos os seus filhos pendurados em seu peitinho magro e seco.

– Ela vive aqui.

Aníbal disse isso enterrando os dedos da mão no peito com força. Os olhos do velho agora afastados

CIDADELA ARDENTE

do fogo estavam fechados e as lágrimas deslizavam, formando caminhos no rosto sujo.

– Ouve menino! Porcaria, ouve! Pára de cheirar nesse saco, seu coisa! Isso faz mal!

Gritou porque o menino quase adormeceu com o rosto dentro do saco de cola.

Aníbal disse que lá, na cidade que ele apontava, tinha um homem morrendo e Kali estava do lado dele só esperando. Ele se arrastava pelo chão. E ela esperava com a bocona de deusa arreganhada pra engolir ele.

No céu, a deusa deixou sair da grande boca a língua bifurcada em ameaça aterradora. Soprou um veneno de vento que fez enrolar as vísceras dos homens.

Alguém perguntou se Kali era um cobra.

– Tenho um medão de cobras...

O velho disse que não, que não era nada disso. Disse que não era para ter medo dela, porque ela sempre, no final, abria os quatro braços que tinha e acolhia carinhosamente seus filhos.

Naquele canto do parque vazio, só o pequeno fogo iluminava e aquecia um pouco. O corpo doído do moleque quase nem se movia, sentado torto sobre um caixote. Os olhos fixos nos de Aníbal. A vista do menino então começou a arder e ele lutou bravamente para não ceder de novo ao sono. Kali podia pegá-lo se dormisse. E a mulher que estava dentro de tudo

THELMA GUEDES

aparecia em sua imaginação semi-sonho arreganhando a boca, bailando freneticamente, mostrando-se com seus adornos prediletos. Sobre os seios avantajados da deusa, repousava o colar formado de crânios humanos e nas orelhas balançavam seus terríveis brincos: homens mortos dependurados.

— É assim que é. É assim que Kali usa enfeite. Com colar cheio de cabeça de caveira. É assim.

— Quando ela vem pra gente?

— Ela já tá vindo. Já tá vindo... Devagarzinho... Silêncio...

Ele pediu silêncio.

Disse que o silêncio era para que pudessem ouvir o canto da deusa

— Mas num dá pra ouvir nada.

Aníbal mandou o menino fechar os olhos.

Silêncio.

— Não. Não dá pra ver nada.

Aníbal pediu para todos fecharem os olhos. Disse que, se tentassem avistar um pouco mais longe, iam ver um chão bem seco e um pobre coitado arrastando Kali pelas cidades quentes do nordeste. Disse que Kali estava sem cabeça. Disse que ela ria sem cabeça pra todo o mundo. E todas as gentes se apavoravam, fechando as portas e as janelas. Mas disse que não adiantava nada.

CIDADELA ARDENTE

De olhos fechados, o menino inquieto. O velho continuou:

Disse que ela estava dançando. Levantando nas mãos uma espada. Mil espadas. Dançando. Avançando. Devorando as barrigas. Ela estava matando os homens nos umbigos. Ela estava matando. Era um demônio da morte.

E o velho viu Kali sob um vidro à prova de balas. Nada bela. Como bala certeira. Na textura do papel apodrecido de algumas faces. Dura. Desfazendo. Destecendo o fio de uma liga rompida.

Aníbal sentou-se. E no poder da noite escura, esmirradinho e todo com sono, Moisés procurou ajeitar-se em seu colo. O velho acomodou-o com um abraço e continuou a falar. Falou sem parar. E ficou falando sozinho, porque todos os seus discípulos acabaram dormindo. Sozinho e triste. Cada vez mais velho, quase mudo, sussurrando seu sopro demente, o velho continuou, enquanto todos dormiam. O delírio avançou por toda a noite.

A fogueirinha apagou e ele continuou, esquecido de manter o fogo. Um homem acordou por causa do frio e reativou-a sonolento. Olhou para o velho louco tagarelando e mandou-o dormir. Mas Aníbal nem ouviu. Chorava, bebia pinga e falava. Sentia o manto negro de Kali cobrindo as vidas daqueles homens inocentes. A longa liga forrando como uma manta o mundo humano. Uma trama bem tecida. Sem saída.

Ele só parava de falar algumas vezes, quando os olhos senis desciam sobre o rostinho subnutrido em seu colo e aflitos procuravam certificar-se do contínuo vaivém monótono do ar entrando e saindo tranqüilamente das minúsculas narinas do pequeno Moisés.

# ROTEIRO DE UMA CENA NOTURNA

Madrugada. Silêncio e escuro no quarto do casal. Ele dorme. Ela há duas horas agita-se insone. Ele começa a ressonar. Ela quase enlouquece com o som de desprezo e não consegue deixar para amanhã:

— Você está dormindo? — Ela não consegue. Ela não consegue.

— O quê? — O susto e o sono interrompido.

— Você está dormindo? — O coração acelerado, temendo a reação.

— É, eu e-s-t-a-v-a dormindo. — Aborrecimento e dificuldade na articulação da fala.

— Me dá um abraço? Eu não consigo dormir. Eu tô insegura. Eu fico pensando. Pensando. Num consigo dormir. — O teto escuro gira sobre ela aflita.

Silêncio. Ele não consegue se mover.

— Me dá um abraço. É só disso que eu preciso pra conseguir dormir. — Ela mente.

Silêncio. Ele "deposita" pesadamente o braço sobre a cintura dela. O abraço forçado é para que ela pare de falar.

– Assim está melhor. Viu como fica quentinho? É bom a gente ficar bem juntinho, não é mesmo? – Ela tenta.

– Dorme agora, tá? – Ele suspira.

– A gente não pode conversar um pouco? – Ela tem uma grande vontade de chorar porque pensa que ele não liga mais pra ela.

– Tem que ser agora? – Ele não acredita que ela quer conversar àquela hora.

– Por quê? Não pode ser agora? – Ela chega à conclusão de que ele não a ama mais.

– A gente não pode dormir agora? Eu tenho que acordar cedo. – Ele começa a ficar nervoso.

– Você ainda me ama? – Ela começa a chorar.

Silêncio. Ele sabia que ela ia fazer "aquela" pergunta.

– V O C Ê   M E   A M A? – Ela pergunta em maiúsculas porque a essa altura já está gritando e quase aos prantos.

Silêncio. Ele acha que ela quer enlouquecê-lo.

– Diz: v o c ê  m e  a m a? – Ela espera a resposta, a pior resposta.

Silêncio. O sangue dele está subindo rapidamente.

– Por que você não responde? – Ela acha, como sempre, que o silêncio é a fatídica negação.

Silêncio. Ele é teimoso e nunca dá o braço a torcer.

CIDADELA ARDENTE

– Por que você não responde? O que é que você tem? Acho que a gente tem que conversar sobre a nossa relação. – Ela está mesmo decidida.

– É que agora eu estou dormindo e quando eu durmo eu não amo ninguém e não quero conversar com ninguém! – Ele grita. Perdeu definitivamente a paciência.

E ela dispara desembestada:

– Sei que não é o melhor momento para conversar, sei que você teve um dia difícil, mas eu estou muito preocupada com o jeito que você tem me tratado. Você anda distante. Arredio. Parece que não tem mais prazer de conversar. Você falou tão pouco comigo hoje. A gente nem tem transado como antes. Você lembra? A gente transava toda hora. É por isso que eu fico mal, porque a nossa relação era tão intensa antes e agora eu tenho medo de estar deixando alguma coisa interferir nesse sentimento que a gente construiu. Aí eu não consigo dormir. E fico pensando, pensando, e fico tentando pensar no que é que estou errando, qual a minha parcela de culpa nisso. Aí eu fico com muito medo de você ter deixado de me amar como antes, de ter conhecido alguma outra mulher interessante. Mais interessante do que eu. Mais bonita. Mais magra. Magra, mas com um belo traseiro, bem torneado e duro. Os seios de pé. Eretos e perfeitos te olhando, te olhando, como naquela música do Caetano. E o rosto lindo. Inteligente. Uma intelectual. É isso, ela deve ser uma intelectual. Intelectual, mas criativa. Vai ver que ela é uma escritora famosa. Linda, gostosa e bem-sucedida. Quem sabe como a Bruna? Mas melhor que a Bruna! É, e você deve ter escolhido logo uma escritora pra me provocar. Só porque eu escrevo. Um escritora linda de morrer. Eu não sei... Eu tenho medo. Eu tenho tanto medo. – Ela está realmente alterada e levando a sério aquela conversa. Pensa até em morrer. É uma exagerada.

– Eu não acredito! Eu não acredito! Mas eu não acredito, meu Deus! Do que é que você está falando, sua louca? Que escritora gostosa é essa? Você pirou de vez, sua demente?! Onde você foi buscar isso? Como é que pode, a essa hora você inventar um troço desse? Eu falei pouco com você hoje? Mas a gente conversou durante todo o jantar. E se não conversamos mais antes foi porque a gente trabalhou o dia inteiro em locais diferentes. E que história é essa de que a gente tá transando pouco? Você sabe há quanto tempo a gente não transa? Você não se lembra? Está com amnésia? A gente transou na noite passada. A noite quase toda. E na noite anterior também. A gente transa quase todo dia. Ou será que é a outra escritora que tá tomando o seu lugar nessas horas? Eu não acre-

CIDADELA ARDENTE

dito que você está vendo alguma coisa errada em hoje eu querer só dormir. Só hoje, meu Deus! – E ele não acredita mesmo.

– É que eu... É que eu... – Ela treme. Tem medo de falar "aquilo".

Silêncio. Ele não quer ajudar.

– É que eu... É que eu... – Ela continua com medo de terminar a frase.

Silêncio.

– É que eu... É que eu... – Medo ainda.

Silêncio. Ele aproveita o tempinho gago da desenvoltura verbal da companheira e cochila uns segundos.

– É que eu... É que eu... – Ela acende a luz.

Silêncio. A luz forte no rosto dele incomoda bastante. Mas ele tenta continuar o pequeno cochilo mesmo assim.

– É que eu... É que eu...

Silêncio. Ele sonha rapidamente com a Bruna deitando-se nua sobre ele.

– É que eu encontrei um fio de cabelo longo no seu ombro. – Ela desembucha finalmente. E fica esperando a reação estrondosa.

Silêncio. Ele está tentando sair do sonho. Mas a Bruna fica puxando ele.

– Você não diz nada? Viu? Você não quer conversar sobre isso agora? – Ela fica esperando angustiada.

THELMA GUEDES

— Hum? Hem? Como? — Ele acorda do cochilinho.

— É. Eu tentei te perguntar durante todo o jantar, mas não consegui. Tive medo. É, eu tive medo, sim. Acho que é melhor você abrir o jogo logo comigo. Eu prefiro que você fale logo toda a verdade. Se você não me ama mais, eu tenho que entender. Mas se você acha que ainda pode voltar a gostar um pouquinho de mim, eu aceito o seu erro, contanto que você pare com isso imediatamente. Abandone logo essa mulher. A gente pode voltar a ser feliz como antes. — Ela chora abundantemente. Aprecia muito aquela parte da fala. Um papel difícil de mulher traída compreensiva. Mas que desempenho! Que desenvoltura. Ela chora ainda mais e soluça. É emocionante!

— De que cor era o cabelo? — Ele se conforma finalmente. Topa a conversa, já que não vai conseguir dormir mesmo.

— A cor? Por quê? — Ela fica confusa.

— A Bruna é loura, não é mesmo? O fio de cabelo era louro? — Ele abre os olhos. Encara a mulher sorrindo.

— Não. Era castanho. — Ela pensa que a escritora é morena então.

— O cabelo é seu. Só existe você. Você é a única mulher de quem eu tenho me aproximado nos últimos anos. Até minha mãe, eu tenho visto raramente.

CIDADELA ARDENTE

– Ele se volta para o travesseiro. A loura do sonho espera ansiosa.

– Será que é meu? – Ela fica sem graça.

– Só pode ser... Não existe outra. – Ele respira fundo.

– Mas você só quer dormir hoje... – Ela está sem jeito.

– Vem dormir também. Eu te abraço. – Ele está compreensivo.

– Você está sonhando com alguma mulher? Você nunca sonha comigo. – Ela enxuga as lágrimas no lençol.

– Estou sonhando com a Bruna. – Ele ri.

– Apaga a luz. – Ele pede.

– Você tá falando sério? – Ela apaga a luz.

– Estou. E o sonho tá muito bom. – Ele puxa ela delicadamente mais pra perto. O corpo pequeno, os quadris macios, a pele arrepiada: a mão interessada dele faz o passeio agradável.

– Eu escrevo bem? Você gosta do que eu escrevo? – Ela está excitada dentro do braço dele.

Silêncio. Ele sobe sobre ela. Afinal, perdeu o sono mesmo. E no final das contas, ele gosta um bocado dela, arrasta um bonde por ela. Só não perde a pose pra não dar moleza. Além do mais, até que ele acha que ela escreve bem direitinho.

# O ROUXINOL

*Lancei o meu anzol no céu pra pescar o sol,*
*mas tudo o que eu pesquei foi um rouxinol, foi um rouxinol...*

Gilberto Gil & Jorge Mautner

Sabia que o rouxinol tinha alguma coisa de oriental. Acha bonito o sol assim caindo na janela. Acha bonita a canção que fala de um pescador do sol que pesca por engano um rouxinol. Compra um rouxinol. Mas nem pensar em pescar o sol...

Nada de sol. Um prédio enorme foi inventado assim de repente do lado da sua janela. O pobre rouxinol quase nem canta aquele rock do Oriente que a canção menciona. Como é mesmo? Ling, ling, leng, lon... Parece chinês esse rock. E ele imagina um rouxinol encantado cantando um rock chinês no jardim chinês de um imperador chinês. O rouxinol tem um rabo deitado imenso (quase de pavão, mas deitado) que do galho encosta no chão. Olha seu rouxinol triste, sem jardim, sem ar e sem rabo.

THELMA GUEDES

Deitado à noite, da sua cama, entra uma pobre restiazinha de céu cinza e ele vê uma extensão de tapete de janelas. Estrelas carregadas de varais, que as empregadas acendem e apagam quando entram e saem de seus quartos.

A vida é muito besta, pensa. É assim como acordar, trabalhar no correio e entregar cartas todos os dias. E não receber nenhuma. Voltar para casa e nem poder pescar o sol.

Procura na janela ar e luz, mas o prédio... E, afinal, para o anzol e para a luneta não há mais o que pescar o que ver. E não há mais o que respirar para o rouxinol.

O rouxinol na gaiola não canta quase nada. E o homem já não suporta um rouxinol que não canta, uma janela sem céu, um anzol sem sol, um sol sem rouxinol, um céu sem anzol, um rouxinol sem janela, um carteiro sem cartas, uma luneta sem nada para olhar.

Mas aquela empregada morena acende a luz da área de serviço. Ela olha o rouxinol. O rouxinol começa a entoar o rock ling. E o carteiro se fica o tal imperador, um mandarim de bigodinhos finos e muito compridos, com o olhar triste, apesar de possuir o rouxinol encantado, porque sua esposa predileta está aprisionada no castelo de um feiticeiro mau. Ah, aque-

CIDADELA ARDENTE

la música triste é bela e agora o céu entra sem prédio no castelo do imperador carteiro.

A esposa preferida do imperador é uma mocinha banguela que gosta de escutar de sua prisão o tal rouxinol do prédio em frente. De lá não pode ver o rosto do carteiro, nem sabe que aquele passarinho é um rouxinol encantado. Aquela janela azul é mesmo interessante com uma sombra inquieta que a observa por uma luneta e um passarim que canta sem parar uma melodia tão bonitinha.

## O Ilustrador

Môa Simplício é artista plástico, formado pela FAAP. Ao lado de seu trabalho pessoal em gravura e pintura, desenvolve atividades didáticas em artes, tendo lecionado serigrafia nas oficinas Culturais Oswald de Andrade e em cursos livres da FAAP. • Entre outras exposições, participou da Mostra Internacional de Mini Gravats, em Barcelona; expôs gravuras no Café do MAC-USP da Cidade Universitária; no Projeto Gravura Paulista – Primeira Revisão da Gravura, na Universidade de Brasília; e no Museu da Gravura da cidade de Curitiba. • Ilustrou os livros *Espumas Flutuantes*, de Castro Alves, e *Lembranças de Esquecer*, de Camilo Guimarães, pela Ateliê Editorial. • Atualmente, é assistente de professores do Departamento de Artes Plásticas da Escola de Comunicações e Artes da Universidade de São Paulo (ECA-USP)

Ateliê do artista • Rua Capitão Antonio Rosa, 271 • tel: (011) 852-1746 • pager: 534-0737 (cód. 4084357)

| | |
|---:|:---|
| *Título* | *Cidadela Ardente* |
| *Ilustrações* | Môa Simplício |
| *Prefácio* | Maria Sílvia Betti |
| *Projeto Gráfico e Capa* | Ricardo Campos Assis |
| *Ilustração da Capa* | Môa Simplício |
| *Editoração Eletrônica* | Ricardo Campos Assis |
| *Revisão de Provas* | Ateliê Editorial |
| *Formato* | 12 x 18 cm |
| *Mancha* | 7,8 x 13,5 cm |
| *Tipologia* | Adobe Garamond 11/15 |
| *Número de Páginas* | 160 |
| *Tiragem* | 1 000 |
| *Impressão* | Lis Gráfica |